CONTENTS

世界末日還有貓

Armageddon and Cats 02

豆豉
哥哥
瞳瞳
豆花
豆腐
夕夕
妹妹
豆奶
僖僖

人類的文明到此為止，
但貓的文明正式開始。

Human civilization ends,
cat civilization begins.

PROLOGUE III 序章 III

只有人類，才會想到「人道毀滅」。

人類最喜歡加上美輪美奐的語彙，去包裝自己可怕的行為。

毀滅就是毀滅，說什麼「人道」？

如果世界上沒有人類，所有的生物都能繁衍得更順利，人類砍伐林木、過度捕獵、過度捕食、入侵棲息地、傳染疾病、海水污染、空氣污染等等，任何一宗「罪」，都可以把世界上任何一種生物逼入絕境，甚至是絕種。

人類把病毒傳染給其他動物，動物染病，然後把被染病的動物人道毀滅，人類還要說什麼只是迫不得已。

人類入侵動物的棲息地，在牠們的地方建築高樓大廈，然後把單位內的生物趕盡殺絕，為的只是可以賣到更高的價錢。

人類幫助動物籌款，有半數以上的款項都是用在人類的身上，只有少部份的金錢會真正用來拯救動物。

人類……人類……人類……

如果要數人類的惡行，十萬字也不足夠。

人類當中包括……你跟我，沒有人可以獨善其身。

我們是世界上最可怕的生物。

或者，創造人類的神知道人類的可怕，祂想出了不同的「懲罰」，比如，讓人類爾虞我詐互相仇視，每天都要過得不快樂。

人類的天敵是什麼生物？

「只有人類可以對待人類」。

世界上，有八億五千萬人口營養不良，卻有十七億人口處於肥胖狀態。那邊的人為了利益與仇恨正在打仗，飢寒交迫，這邊的人卻股市暢旺，餐餐大魚大肉。

而那些天天飽暖的人，卻因為情緒問題而選擇自殺。

最奢侈的自殺。

「祂」正在懲罰我們人類。

不，還不足夠。

不同的傳染疾病，出現在人類的社會之中，當然，死不足惜的人類仍然會用其他動物來做藥物測試，研發可以拯救人類的藥物。

直至變異種症候群（Variant Syndrome）的出現。

八成以上的人類變成了變異種與喪屍，甚至是進化變異種，人類再不能向其他動物「人道毀滅」，我們已經徹底被摧毀。

金錢再沒有任何的作用，食物與食水才是這個「滅絕時代」（Extinct Age）最重要的東西。

不過，還有比食物與食水更重要的，就是……「人性」。

人類為求生存，醜陋的人性盡出，在這時代，還可以保留著善良人性的人，少之有少。

但這一種人，還是存在。

由貓變成的人，「偕類」，他們就是這一類人，他們沒有像人類一樣的不擇手段，他們只想可以和平地過著生活。

跟人類和平地生存下去。

這一群「⿰亻苗類」，可否在這個逆境中繼續生存下去？

或者，當有一天世界能夠回復正常，我們都會說：

「世界末日了，幸好，還有貓。」

世界末日還有貓 02

最初，我們擁有的全部損失，
最後，卻慶幸曾經世界末日。

第二部 正式開始

CHAPTER 06

時間

TIME

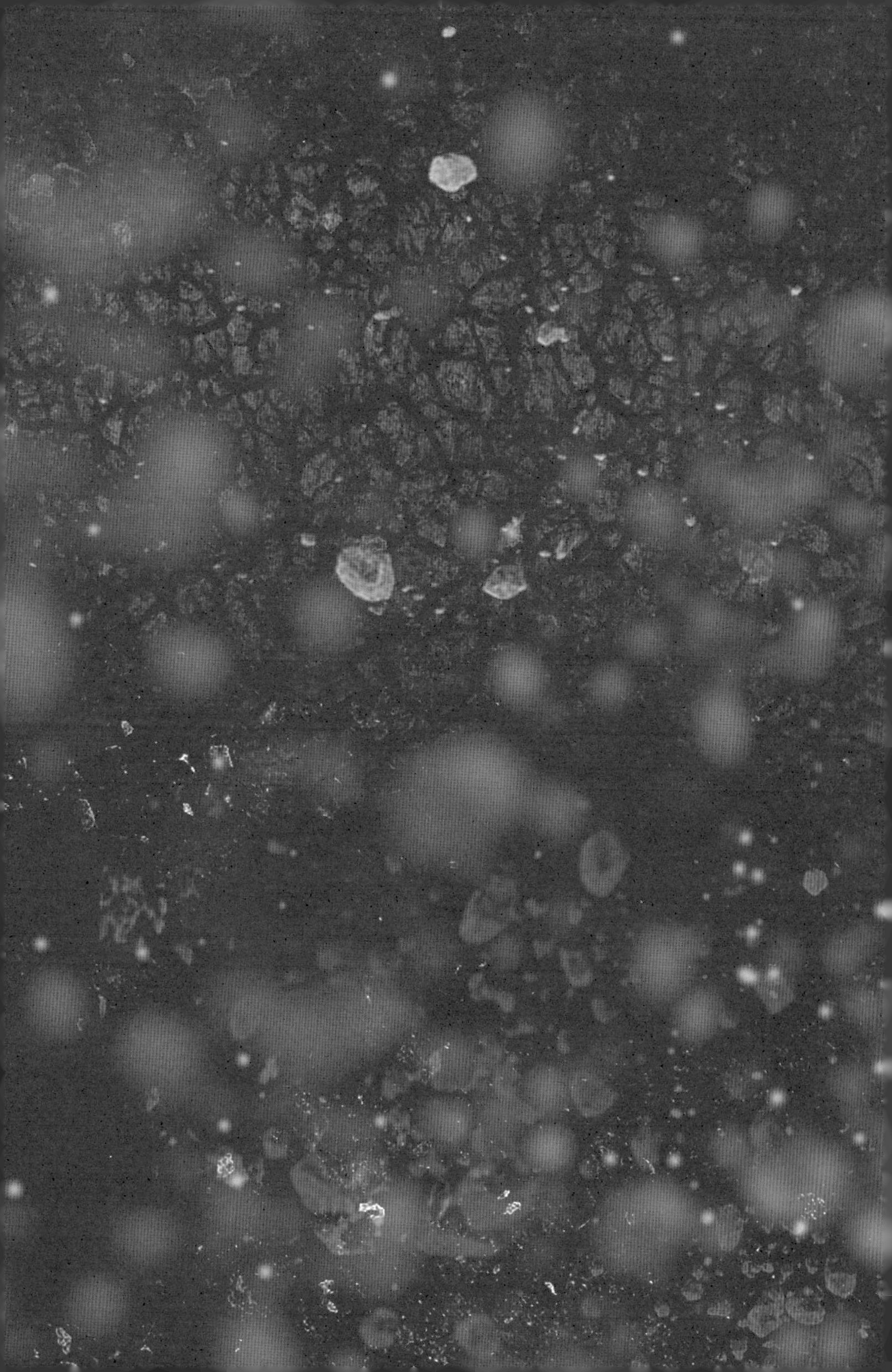

CHAPTER 06

時間

TIME

01

荃灣孤泣工作室。

晚間新聞。

「今天早上，歷史博物館被盜去一個古埃及盒子，警方稱還未找出盜竊的賊人，而且也不知道他是如何打開上鎖的玻璃箱，他們將會繼續跟進事件……」

工作室沒有開燈，我從電視發出的光看著面前的聖書體盒子。

沒錯，我把它偷回來了。

我還未知道盒子的秘密，所以不敢打開這個盒子，我不知又會發生什麼事。

夕夕在盒子旁用鼻子嗅嗅，妹妹甚至用盒子的圓角來磨牙，牠們都好像對這個盒子非常感興趣。

我整天都沒有吃過東西，只是一直看著這個盒子，還有整理著凌亂的思緒。

那個突然出現在歷史博物館的「人」，我又怎會不認識他呢。

他化了灰我也不會忘記他。

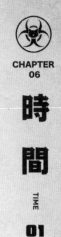

一個我從來沒跟他見過面，卻是我最熟悉的人。

因為……

他就是我，我就是他。

一個比現在的我年長三十多年的「我」。

他會在我面前出現，只有一個可能性，就是……他穿越了時空，回到過去，幫助現在的我。

對於我這個最喜歡幻想的人來說，人類可以穿越時空只不過是遲早的事，不過，沒想到當我真正看著一個年老的自己，感覺會是這麼震撼。

「貓變成人痴線嗎？去到另一個五天後的平行時空痴線嗎？現在，看到未來的自己……更痴線，嘿。」我摸著在撒嬌的豆花苦笑。

我相信，就算我寫下這個故事，其他人也不會相信我經歷的都是真實的，只會當是「故事」。

由一個香港作家寫的小說故事。

「信信，妳說是不是很痴線？」我看著牠說。

「喵～」牠用牠的語言回答我。

「如果你們現在變了人類，我就不需要自己一個人去面對了。」我看著在打呵欠的哥哥：「哥哥，你說是不是？」

牠們當然沒法回答我，因為在五天後牠們才會變成人類。

啊？等等……

現在我把這個盒子偷了回來，是不是已經……改變了未來？

還是我其實是跟著未來而走，世界文明反而是因為我的舉動而崩潰？

我寫第一本有關時空的小說＊《戀愛崩潰症》，就是因為男主角梁愛程空越了時空，讓世界改變，會不會變成了我筆下小說角色的情況？

我記得，在「時間線一」的最初，聽見廣播說五天前發生了人類變異，那時的五天前，不就是今天？

我看看手錶，不，我的手錶在變成人類的豆豉手上。

豆豉正好走了過來我身邊伸懶腰，我摸摸牠的頭。

「晚上十時三十二分。」我拿起了手機看。

還有不足兩小時，今天就會過去，這樣說，「時間線一」的劇本不會發生？

因為我偷了這個盒子，世界不會崩潰？！

「我想你每腦子也有很多問題吧。」突然一把聲音從我背後傳來：「我就是知道。」

這把聲音……

不會有錯，就是我自己！

我立即回頭看！

那個年老的我出現在工作室！

不過，他第一件事不是走向我，而是……

「孤貓……我真的很想念你們。」他說：「我們有二十年沒見了。」

他走到瞳瞳、豆奶、豆腐的躺著的位置，蹲下來摸著牠們的頭。

對著陌生人都會躲起來的牠們，卻沒有立刻走開，牠們給那個年老的我摸著。

他慈祥地微笑，而且……

流下了感動的眼淚。

＊《戀愛崩潰症》男主角梁愛程，請欣賞孤泣另一作品《戀愛崩潰症》。

CHAPTER 06 時間 TIME 02

我們坐到沙發，僖僖跳上他的大腿上睡覺，他完全知道僖僖最喜歡摸的身體位置。

「僖僖喜歡摸下巴，大佬夕全身都可以摸，疃疃不能拍屁股，豆奶不能摸肚皮。」他微笑說：「豆腐最喜歡玩飲品樽蓋，豆豉跟哥哥最愛打架，妹妹不喜歡吃罐罐，跟豆花對望一眼，牠就會貓貓叫，要你摸牠。」

完全正確，這代表了過了三十多年，他也沒有忘記孤貓的習慣。

我也沒有忘記孤貓的習慣。

「我想你已經想到了吧，我就是三十五年後的你，你就是過去的我。」他看著我說。

「嗯，我知道。」我問：「你可以跟我解釋清楚嗎？究竟發生了什麼事？」

「我來就是為了這事，而且我三十多年前我也經歷過一次。」他說。

我看著年華老去的自己，有一份親切感，我最清楚的人是他，他最清楚的人就是我。

如果我跟別人說，我跟未來的自己在對話，別人應該會當我是瘋子。又有誰會相信呢？連我自己也不相信他就坐在我身邊。

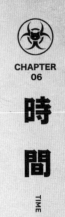

「你應該在想，不會有人相信吧？」他微笑說：「哈，那你就把我們的對話寫在小說吧，寫在屬於你的世界之中。」

他……完全知道我的想法。

「三十五年前，你也曾看著另一個比你年長三十五歲的『你』出現在這裡？」我問。

「對，當時我們就坐在這沙發上，僖僖也是躺在那個我的大腿上。」他說：「不過，現在身份與角色都改變了。」

「嘿……」我看著天花板傻笑：「真的太不可思議了。」

「我明白你的感受，因為我也同樣有過。」

「這代表了未來的世界，已經可以回到過去？」我問：「只是三十五年後就已經有這樣的時光機？」

「不，不是三十五年後，而是你現在的時代已經有相對的科技，只不過是機密，普通人根本不會知道，而且時間從來也不是『直線進行』的。」他說：「我不能說太多未來的事，我來到你面前，是為了跟你解釋發生在你身上的事。」

「對！沒時間了！世界會變成『時間線一』的發展！」我突然想到：「有什麼方法阻止世界文明

崩潰？」

他指著那個聖書體盒子說：「RESTART。」

「RESTART？」

豆豉曾說過盒子上刻著的，就是「RESTART」的英文。

「現在的時空，就是你說的『時間線二』，世界文明不會崩潰，因為你已經得到了這個盒子。」

他說：「把他打開吧。」

「什麼？」

我聽到一頭霧水，完全不明白他所說的，不過，我相信我自己，我打開了盒子，看到我自己的樣子。

什麼事也沒有發生。

「這樣就可以了嗎？」

他詳細地解釋，而且是用我可以明白的方法去解釋，他拿出一部像手機的東西，投射出立體螢幕，然後開始用手寫著。

以我暫時的理解：

時間線一，我睡醒後，來到了星期五，世界已經被病毒摧毀，我經歷貓變成人的世界。

時間線二，我睡醒後，沒有什麼改變，就是過了一個晚上來到星期一，一切如常的過著，貓沒有變成人，世界如常地運作，但我卻知道自己經歷了時間線一的經歷。

然後，他在兩條時間線上，再加上……A與B。

CHAPTER 06

時間

TIME 03

「首先，導致時間線出現分支，是因為你在前一天被聖書體的盒子照到。」他說：「如果只是打開盒子，沒有光線的折射，你不會去到另一時間線。」

然後，他說起了前一天，我看到車禍那天。

「什麼？！」我非常驚訝。

我回憶起來，前一天在德士古道對出兩車相撞，突然有光照向我，原來就是盒內鏡子折射的光線！

「為什麼聖書體照到我會改變了時間出現分支？」我追問。

「用現在你能理解的科學不能完全解釋。」他想了一想：「其實時間線不是一直線向前走的，而這個盒子不是地球上擁有的物質，是由其他的生命體製造。」

盒子看上去，都只不過像木材的物質，完全沒有什麼特別。

他所說的「生命體」不就是……

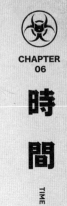

我想起了我寫的*《外星生物》。

「那代表了的聖書體，其實不是由人類創造？」

他沒有回答我，不過就像是默認一樣。

也許因為怕改變了某些「特定的未來」，我感覺到有些事他不能詳細跟我說。

「公元前三四三年，這個盒子在古埃及第三十一王朝已經存在，同樣出現了時間分支的情況。」他再次在螢幕中寫著：「在靈墓中，考古學家找到了人類的屍骨中，有貓的尾椎骨，就是最好的證明。」

豆豉找到的資料沒有錯，真的曾經發生過！

「當時的古埃及人都死於變異種症候群（Variant Syndrome），然後他們最後決定把盒子埋入土裡，永遠不見天日。」他說。

聖書體盒子就像是一個「媒界」，只要被光線照到反射入人類的眼球，就會出現了「時間線分支」。

「這樣說，二千年後的我，因為看到反射的光，出現了第二次時間線分支？」我問。

他看著我微笑：「你又怎知道是……『第二次』？」

這句說話……

我明白了，如果是某一個人曾經看過反射的光，時間出現了分支，但其他人……根本就不會知道！

這代表了，「時間線」不只是由我開始出現分支！可能已經重複了很多很多次！

「等等，如果打開盒子，變異種就會出現？」

「出現人類變異種的原因，是因為當聖書體物質發出時間分支的功能時，同時會在空氣中散播病毒，本來，這種病毒不會對身體有害，不過，因為人類打了疫苗，讓身體細胞無法對抗病毒，才會出現了『變異種』。」

他繼續補充：「其實古埃及的藥典中有記載，當時他們用某些草藥加入食水中，讓他們身體變得更健康，他們這樣做，就像現在你們人類打疫苗一樣，讓身體細胞無法對抗盒子散播的病毒，最後引致滅亡。就如你說的，也許時間線不是第一次出現分支，但同時出現變異種的情況，的確是第二次發生。」

原來……如此。

人類以為打了疫苗可以避免染上新冠肺炎，卻不知道其實是把自己的文明摧毀。

「等等，還有一個很重要的問題。」我煞有介事地看著孤貓：「那貓呢？為什麼貓又會變成人？」

他沒有回答我，只是微笑地看著我。

什麼……什麼意思？

啊？！

不會吧？

「我想你這個小說作家已經想到了。」他說。

他根本就知道我腦海中在想什麼！因為他也曾經經歷過！

「外星人……」我看著在打呵欠的瞳瞳：「貓？！」

＊《外星生物》，有關外星人的故事，請欣賞孤泣另一作品《外星生物》。

CHAPTER 06 時間 TIME 04

我們都總是說「貓星人」，就好像貓是由外星而來的生物一樣，牠們讓我們人類愛不釋手。

這不是一個笑話……

「你記得在圖書館難民營中，三長老曾跟你說過一個貓的『傳說』嗎？」他問。

我當然記得，他說上帝製造的第一個女人不是夏娃，而是一個叫苗（Fact）的女人，後來，她拯救了伊甸園的動物，變成了萬千寵愛在一身的貓。

「你不會是說……」我的汗水流下。

他點點頭。

那個在貓群流傳的故事，是真實的！

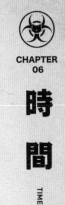

「不過，所謂的『上帝』，咳……」

他身體看來不是太好，我倒了一杯水給他。

「謝謝。」他繼續說：「我知道你不相信上帝，不，你應該是對任何導人向善的宗教都持有開放態度，但我想跟你說，所謂的神，製造人類的上帝，都只不過是其他星球來到的生命體，而他們就是……」

「𠊎類！」我大叫了出來。

他點頭：「人類真正的祖先，是𠊎類。」

我們的祖先是……**貓！**

「他們來到地球，想在地球孕育出新的物種，而新物種就是人類。不過他們沒想到，人類一直成長，醜陋的人性不斷出現，自私、貪婪、虛偽等等，還有金錢與利益的衝突，不斷引發仇恨與戰爭，成為了最可怕的生物。」他說：「𠊎類放棄了人類的孕育計劃，讓我們……自生自滅。」

我整個人也呆了。

從來沒有人會想過，根本就像小說故事一樣的人類歷史。

「你現在看的歷史，你又知不是小說故事？」他再次露出慈祥的笑容。

他完全知道我的想法，歷史是勝利者所寫，有多少是真實的？有多少只是虛構？根本就沒有人會知道。

他繼續說，僐類的生物科技比人類領先好幾億萬年，製造人類根本就像我們人工繁殖這麼簡單，而且時空科技也比人類更強大，我們一直沒法想像的事，對於他們來說只不過是簡單的數學。

「你的未來世界……是由僐類統治？」我問。

「不，人類又怎會給外星生物入侵？」他說：「這方面我不能多說就是了。」

「這樣說，我寫*《我不想做人》時那個……」

「巨貓神！」我們一起說。

「巨貓神真的存在！哈哈哈！」我不知在笑什麼：「整件事都是……痴線的！好痴線！」

從來沒想到，我所寫的小說故事，好像變成了真實一樣，不，或者是我一直「接收」到某些資料，讓我想出了真實的故事！

我拿起了身邊的聖書體盒子：「如果僐類才是製造人類的民族，為什麼又要摧毀人類的文明？」

啊？不會吧……

我說完後立即看著他，眼神非常驚慌。

「看來你又想到了。」他說。

「我明白了……」

人類一直用動物來做實驗，就是為了製造醫治人類疾病的藥，我記得從新聞看過，瑞士是製藥大國，從一九八零年計起，已經用過數千萬的動物來做實驗，有些組織想禁止動物實驗，但這麼多年來三次的公投結果都是「反對」。

只有一個原因會反對，就是為了……利益。

「然後……二零一九年出現了新冠肺炎，幾年後，全球八成的人類打了疫苗，當然，疫苗也是犧牲了不少動物才可以研發出來……」我在自言自語：「因為打了疫苗，讓聖書體盒子散播的病毒感染人類，令人類變成了變異種，人類的文明摧毀……」

他沒有說話，只是等我說出結論。

「如果，我們不用動物做實驗，就不可能製造疫苗，如果沒有疫苗就不會出現人類變異種。」我看著他說。

然後，我們一起說出了兩個字。

「報應！」

聖書體盒子散播的病毒，真正用途，就是用來……

懲罰人類！

＊《我不想做人》，另一貓變成人的故事，請欣賞孤泣另一作品《我不想做人》。

CHAPTER 06

時間

TIME

05

「如果他們可以『控制』時間，這代表了他們根本就知道人類文明摧毀將會發生，但備類卻沒有阻止。」我抹去額上的汗水。

「他們只是讓人類自生自滅，其實也是人類罪有應得。」他說：「而且，也只不過是『其中一條時間線』的文化摧毀，其他的時間線，人類依然繁榮地生活，還是一直……」

「繁榮地破壞地球。」我接著說。

他點點頭。

「繁榮地」三個字，當然是諷刺的說話。我們沒有說話，只是沉默下來。

我知道，他在給我思考的時間，因為太多的資訊，讓我完全沒法立即接受。

良久，我問：「古埃及第一次發生的人類變異，最後是怎樣結束的？」

「封城，讓有感染與沒感染的人類圍堵在一個地區，無論是老少婦女，手無寸鐵的平民，通通用火把他們燒死。」他說：「當然，包括了當時想幫助人類的備類。」

「怎可以……」

「人類就是這樣的生物，如果可以拯救更多的人，殺死少數的也是正常的選擇。」他說。

「電車難題（Trolley problem）！」我們一起說。

「為什麼當年病毒沒有蔓延到全世界？而在『時間線一』卻全世界的人也感染了？」我問。

「因為不是所以人都有喝下有草藥的水源，只有古埃及人會喝，但現在世界卻有八成人打了疫苗。」他說：「當然，長期吸貓毛的人類，不會被感染，因為備類就是我們的祖先，他們對病毒免疫。」

「他們為什麼會變成人類呢？」

「我剛才說過了，他們的出現是幫助人類的。」他解釋：「雖然病毒是為了懲罰人類，不過，還是有善良的備類，他們的出現就是想幫助人類重新開始，就如阿當與夏娃一樣，重新開始繁洐下一代。」

殺死大多數的人類，讓少部份人類留下來，跟由貓變成的人重新開始。

這樣就會出現另一個新的時代嗎？我心中有這一個疑問。

「其他貓呢？他們去了哪裡？」

「也許回去了自己的星球了。」他說：「這個問題，其實我也不是太清楚。」

「你不知道？還有，剛才你說我偷走了盒子，因為沒有光線的折射，時空不會發生變化。」我看看手手機上的時間已經過了十二時：「但盒子散播的病毒呢？」
他笑了一下：「我忘記了，三十多年前的自己，當時我有這麼多問題的嗎？」
他在說我。
「好了，其他的事『能夠』告訴你的都告訴你，現在才是真正的『主菜』開始。」他咳了幾聲：「你已經準備好了嗎？要不要腦袋休息一下？」
我跟他微笑：「你明知我的答案，嘿。」
「好了，我開始說出你最想知道的『時空問題』。」他說。
他首先解釋了為什麼現在「時間線二」不會發生文明崩潰的事。
本來是生活在「時間線二」的「我」，在發生事的前一天，因為車禍看到盒子反射的光線，去到了五天後的「時間線一」。然後，在「時間線一」我在博物館再次獲得了盒子，因為光線的反射，回到了「時間線二」本來的時間線。
因為我經歷了「時間線一」的世界崩潰經歷，知道盒子跟世界崩潰有關，所以去偷取了在「時間線二」的聖書體盒子。
本來散播的病毒，因為我在「時間線二」已經第二次接觸盒子，只要我再次打開盒子，病毒就會消失，「時間線二」不會出現變異種症候群，亦因為沒有光線的折射，我也沒有回到「時間線一」的時空。

你解釋第一次打開盒子會令病毒消失的原因，是偒類設定的病毒機制，當然，他也沒法了解他們是如何製造這一種病毒。

只能說，另一個星球的偒類科技，比人類的先進太多了。

「這樣說……」我認真地說：「我這麼簡單就拯救了世界？」

他想了一想：「某程度來說，的確是如此。」

在沒有人知道的情況中，我拯救了世界，不像電影、電視戲一樣主角會被稱為英雄，得到後世人的歌頌，感覺上，好像缺少了什麼似的。

「沒有人知道你是英雄，也不會有人叫你救世主，你依然是一個平凡的作家。」他笑說：「然後，繼續艱辛地在香港生活，來到七十多歲，然後，回來跟三十年前的自己對話。」

我完全明白他的說話，我的確不是什麼英雄……

等等，但我心中好像缺少了什麼似的。

「你剛才說，不知道『時間線一』的貓消失去了哪裡？」我追問。

「對，我不知道，我甚至不知道變成人類的貓，最後會有什麼下場。」他說。

「為什麼？」

他看著我，沒有說話。

然後，他看著還在工作室睡覺的孤貓說。

「因為，我沒有回去『時間線一』的世界。」

CHAPTER 06 時間 TIME 06

「我沒有回去，所以我不知道那個時空的貓最後會是怎樣。」他收起了笑容。

「什……什麼？」我非常驚訝。

「不過，這個也是你的決定，因為我就是三十多年後的你。」他說。

我沒有說話，沉默下來。

這真的是我的決定？

「這三十年來……」我看著夕夕與豆豉睡在一起：「我過得好嗎？」

「我不能說太多，不過，還是可以的，你一直在堅持。」他說。

「這麼多年來，你內心有沒有覺得缺少了什麼似的？」我看著他。

我的眼神很堅定。

「當然有，有很多很多遺憾，有很多很多無能為力。」他無奈地說。

「我意思是……」我說：「有沒有覺得背棄了……他們？」

我指著孤貓。

他表情變得很驚訝，也許，三十年前的他，沒有說過這一句說話。

沒有說過「同一句說話」。

「呵呵呵……呵呵呵！」他高興地笑著：「無論我怎樣小心說話，最後，你已經改變未來了。」

我也微笑了。

當年的他，應該沒有我現在的「想法」，這代表了……

「你在『時間線二』之中，創造了另一條時間線分支了。」他高興地說。

他很高興，因為三十多年前的「他」，即是我，改變了未來。

他一直覺得缺失、後悔、遺憾、無能為力的事情，終於，由三十多年前的「自己」改變了。

他終於得到「解脫」。

我當然知道他的想法，因為我就是他！他就是我！

我就是他心中的自己！

「我決定了，我不會跟你一樣，我會回去『時間線一』幫助他們！」我站了起來：「我會跟他們繼續冒險！」

「謝謝你。」他的眼中泛起了淚光：「三十多年的遺憾與包袱，你終於代我解開了。」

我不知道三十多年前的我為什麼不回去，但可以非常肯定，如果我也選擇留下來繼續如常地生活，我也會像他一樣，遺憾三十多年。

「好了，我也差不要走。」他微笑說：「最後，我可以餵牠們吃罐罐嗎？」

「當然沒問題！」

他行動不便，不過，他沒有忘記罐罐放在那個位置。

「來了！來了！吃罐罐時間來了！」他高興地敲打著食物碗。

孤貓立即全部走出來喵喵叫。

他一面餵著牠們，他的眼淚已經不禁流下。貓的壽命很短，在他時空的孤貓已經離開了，他已經有多少年沒有餵過牠們呢？他一定很懷念曾經跟孤貓生活的日子。

我的心也酸了一酸，眼淚也在眼眶內打轉。

「人老了，總是對什麼事都很感觸，很容易流淚。」他回頭看著我。

「你不是經常躲起來哭的嗎？」我苦笑：「別要裝堅強了，我最清楚你。」

我們兩個人……一起流淚了。

微笑著流淚。

「你記得，無論有多艱苦，也別要放棄。」他說。

我點頭苦笑：「至少我知道，我可以活到七十多歲，嘿。」

「對，壞人是特別長命的。」

我們兩個人……一起微笑了。

或者，我們的未來由現在開始出現了分支，不過，我可以肯定，有一樣東西是不是改變的。

我們堅持不放棄的心，還有對孤貓們的愛。

一世也不會改變。

CHAPTER 06

時間

TIME

07

第二天早上，觀塘碼頭。

已經很久沒來過了，從前我很喜歡一個人來這裡聽歌吹海風，曾經我在*《戀愛待換店》中也有寫過有關觀塘碼頭的故事。

太陽升起，天朗氣清的一天，陽光打在我的身上，特別和暖。

昨晚跟三十五年後的我多聊了一會，他教我如何回到『同一時間線』，之後他就離開了。我沒有問他為什麼知道方法，也許，未來的科技已經掌握到「平行時空」的規則也不定。沒錯，我決定了跟他走不同命運的路。我不相信命運早已註定，我相信可以由我掌握命運。

現在我的未來不是他的未來，所以，他沒法告訴我，未來我的命運是如何。

「這不是更好玩嗎？嘿。」我苦笑了一下。

為什麼我要來碼頭？

很簡單，我要這個讓人類文明摧毀的聖書體盒子，永遠不會落入人類的手中，同時，我也需要它讓我回到「時間線一」繼續我跟孤貓的冒險故事。

我要如何做才可以一石二鳥？

很簡單，只要我連同盒子跳下海，然後在未入水之前，我打開盒子讓光線折射到我的眼睛，我就可以回到「時間線一」，同時，被我用重物纏著的盒子，就會石沉大海。三十五年後的我跟我說了，只要盒子在打開的一刻掉入水中，病毒就不會散播。我不會游水，如果失敗了，或者我會遇溺浸死。

「怕什麼？來吧！」

我助跑，然後衝向大海，一躍而下！

夕夕、僖僖、哥哥、妹妹、瞳瞳、豆豉、豆花、豆奶、豆腐……

我回來了！

……

⋮

·

數秒後，在觀塘碼頭看海的遊人與釣魚人士，聽到很大的水花聲音。

「剛才……剛才那個男人不見了！他跳下海自殺嗎？」遊人非常驚慌。

他們立即走去看。

水面上，沒有人在扎掙，只有水面上留下的漣漪。

「那個人……潛入水嗎？」

「消失了？」

時間線解說——

時間線一A，崩潰的世界。孤睡醒後的時空，星期五的香港，世界已經崩潰，開始經歷貓變成人的時代。

時間線一B，崩潰的世界。孤回到時間線二後，未知的時間線一世界（待續）。

時間線二A，本來的世界。孤曾被盒子折射的光線照到眼睛，星期日晚上在工作室睡著，第二天早上穿越到時間線一A。

時間線二B，本來的世界。在時間線一A歷史博物館中，孤打開了被光線折射的盒子，回到了本來的世界，星期一睡醒後，到博物館偷走了盒子，然後遇上三十五年後的自己。時間線三A，由時間線二B分支出來新的時空。孤從三十五年後的自己得知事情真相後，決定回到有變種異的世界，幫助變成人類的孤貓，開始時間線一B的故事（待續）。

時間線三B，三十五年後的孤回到自己的時空繼續生活，就是他本來的世界。

注意事項——

一、因聖書體盒子或在早前已經被人（或多人）打開過，而且被光線折射入眼睛，時間線可能已經分支出無數個時空。只有當事人才會知道時空已出現分支，其他人並不會發現時空之改變。

二、古埃及人因飲用加入藥草的食水，與現在人類因注射新冠肺炎疫苗的情況相似，導致身體抗體產生變化，人類吸入盒子散發的病毒後變成了變異種；而因人類變成了變異種，貓才會變回偕類幫助人類。所以在人類身體抗體沒有產生變化期間，就算有人打開盒子出現時空分支，亦不會出現變異種症候群病毒。

＊《戀愛待換店》，有關觀塘碼頭的故事，請欣賞孤泣另一作品《戀愛待換店》。

CHAPTER 07

回來

COME BACK

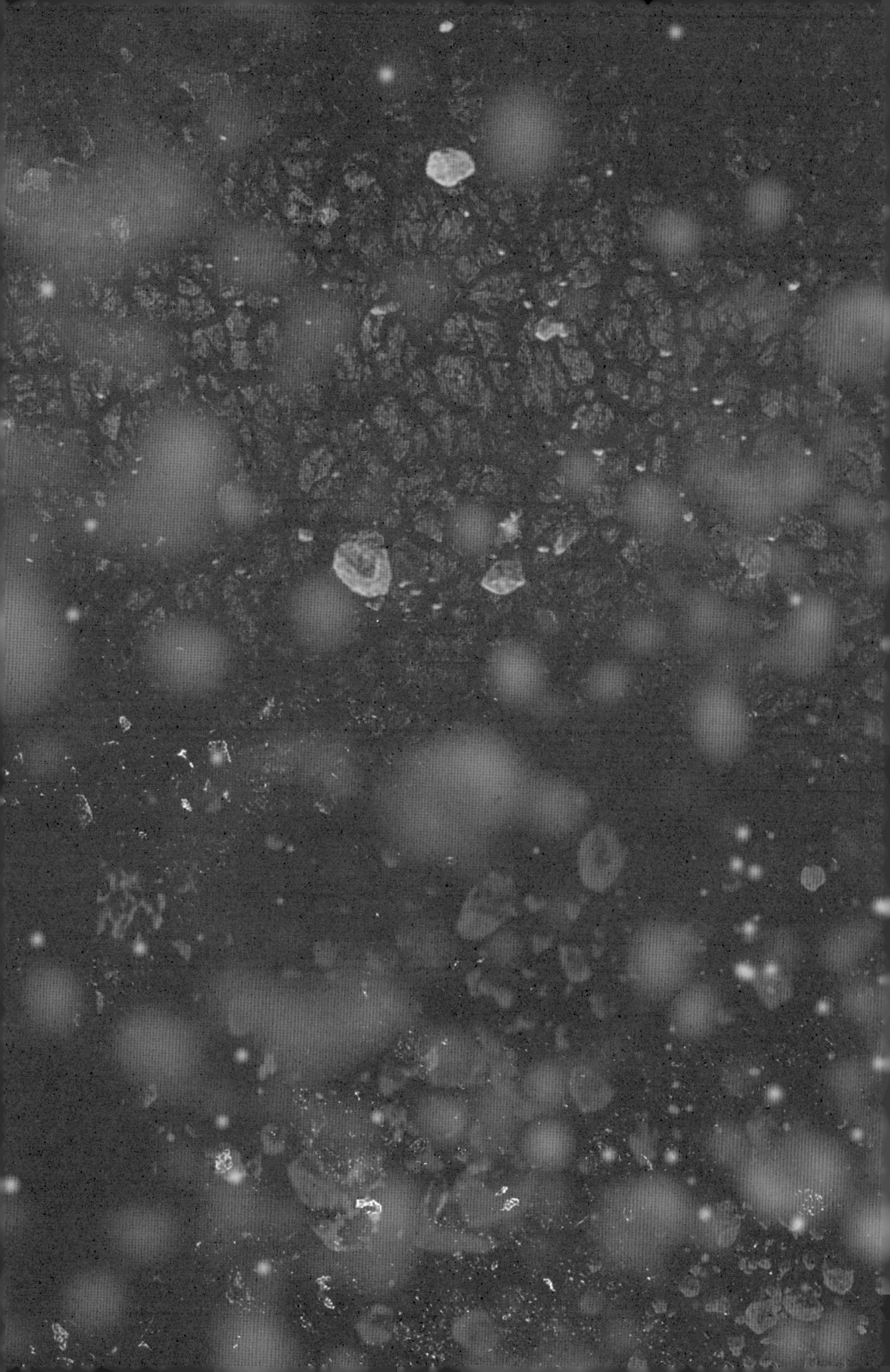

CHAPTER 07 回來 COME BACK 01

時間回到孤他們跟豆奶、豆腐會合之時。

豆奶、豆腐交代前來博物館的原因。

「你兩個為什麼會在這裡？」夕夕看著豆奶與豆腐說：「妳們這樣走來，豆豉、瞳瞳會很擔心！」

「大家姐豆花不也是四處流浪嗎？」豆腐不屑地說。

「對！而且我們可以幫忙的！」豆奶低下頭說。

「怎會一樣？妳們家姐跟僖僖一直也……」

夕夕本想說下去，卻被僖僖阻止：「遲些帶她們回去見父母後再罵吧，現在有更重要的事要做。」

僖僖跟孤一樣，看著昏暗的博物館，她也感覺得到，將會有可怕的事發生。

「在……三樓。」妹妹看著場刊：「古埃及展覽！」

「好，我們上三樓吧，大家一定要小心。」孤回頭跟他們六個人說。

跟六隻孤貓說。

他們一起點頭。豆花、豆奶與豆腐走上前擁抱著孤，他們已經三年多沒見了。

孤一直最疼愛這三姊妹，小時候她們生病，他就是最擔心她們的人。不過，現在她們已經長大，有足夠的自保能力，而且還可以保護孤。

「夕夕，豆奶、豆腐的事，安全回去再說吧。」孤認真地說。

「我明白了。」夕夕當然明白孤的心情。

「一家人要齊齊整整回去！」孤認鼓勵士氣。

「好！」

他們一起向著博物館內部進發！

孤、夕夕、信信、妹妹、豆花、豆奶和豆腐，他們一行人先從樓梯走上二樓。大家也非常小心留意四周，因為飛蟑螂人不敢走入歷史博物館，說明了博物館內有更可怕的進化變異種存在。

「走另一邊！」

夕夕走在最前，他看到有幾隻喪屍在擺放香港懷舊玩具的展覽廳中徘徊，他們當然有能力應付它們，不過，他們的目的不是殺喪屍，而是找尋那個聖書體的盒子，而且，他們也不想引來更多的喪屍與變異種。

很快他們已經走過了香港懷舊玩具主題的展覽區，來到了博物館大廳。

「前面有樓梯直上三樓！」僖僖在昏暗中看到遠方的指示牌。

「等等！」

就在他們想走出走廊直上三樓時，豆花叫停了大家，同一時間，在大廳的左右，出現了奇怪的聲音。

「呱……呱……呱呱……」

「好像是……青蛙的叫聲。」孤說。

「為什麼會有青蛙出現？」豆腐問。

「我去看看！」

僖僖正想走出去之時，在他們前方出現了一條又長又濕的舌頭！舌頭快速在他們前方伸出，把遠處一隻喪屍拉了過去！

然後就是骨骼被咬碎的聲音！

他們對望了一眼，知道又有新的進化變異種在走廊外！

「等它離開了我們再前進吧。」孤說。

大家也點頭同意。就在此時，從來沒見過青蛙的豆奶，很想知青蛙的外表是怎樣，於是她探頭看了一眼。

「呱！」

「原來青蛙是黑白色的。」她輕聲地說。

「黑……黑白色？」孤也覺得好奇，他也看了一眼。

「這……這不是青蛙！是……熊貓！」

CHAPTER 07 回來 COME BACK 02

青蛙？熊貓？

根本就是兩種不同的動物，為什麼孤會說是熊貓？

突然那長舌頭向著他們的方向伸過來！

「小心！」

豆花撲向妹妹，一起避開了長舌頭的攻擊！

「我們已經被發現！」夕夕說：「快跑到樓梯！」

二話不說，孤貓全體一起衝向樓梯的方向！

此時，他們才看到那隻進化變異種的廬山真面目！

它既是青蛙，也是熊貓，它一前一後各有一個頭，一個是青蛙頭，另一個是熊貓頭！它的身體軀幹全是人類的頭顱，還有像熊貓一樣的黑白毛混雜在一起，最讓人毛骨悚然的，就是它的身體上方，出現了全由人類男性器官組成的……

「它……它飛起來了！」豆奶大叫。

性器官翅膀！

變異種熊蛙飛到他們的前方，堵塞著通向三樓樓梯的路！

它那對性器官翅膀一直在半空中拍著，發出了難聞的氣味！

現在是青蛙頭看著他們一眾人，而背部是熊貓頭，它的體積就如一輛中型貨車的大小！

「很噁心！」豆腐已經拿出了伸縮的長矛，準備攻擊。

「大家要小心，它的舌頭隨時會攻擊我們！」信信也緊緊握著手上的短刀。

「嗚！！！！！」

此時，在背後的熊貓頭突然發出高頻的叫聲！它的舌頭開始作出攻擊！

舌頭首先攻向最前的豆花，豆花準備還擊，卻被一顆子彈打斷了舌頭！

是豆奶開槍！

「大家姐，我跟豆腐都可以幫助大家！」豆奶自信地說。

可惜，這次的變異種熊蛙，不像人蟒一樣，它的舌頭可以……再生！

變異種熊蛙的等級，是屬於A+級數！

它的舌頭秒速再生，同時快速向在場的人攻擊，夕夕、信信等人都只能勉強擋下！

「孤、妹妹，你們快躲起來！」夕夕大叫。

同一時間，博物館大廳四面八方都出現了喪屍，它們以短跑的速度奔向眾人！

孤非常驚訝，因為是熊貓頭的叫聲吸引了喪屍，它懂得利用喪屍讓他們沒法輕易離開！

一直以來，孤最怕的情況發生了。他沒有忘記，最初被那隻女喪屍咬下之前，他見到它懂得閃避自己的攻擊！現在他可以肯定某些變異種……

擁有「智慧」！

他們一面要對付喪屍，一面要面對熊蛙的舌頭攻擊！

「分頭走！」偆偆大叫：「舌頭只可以攻擊前方，孤你走向它的後面！」

豆腐一矛插入攻擊孤的喪屍頭顱：「爺爺，你們快繞到後方！」

「好！」

孤、豆花、豆奶三人，不斷應付快速跑來的喪屍，他們繞到變異種熊蛙的後方！

「你們先上三樓！」夕夕大叫，他一棒擊中喪屍的頭顱，腦漿噴射而出：「我來對付這怪物！」

上三樓這麼容易嗎？因為後方就是熊貓頭！豆奶向它開槍，子彈從它的頭顱打入，再由它身體上的爛肉穿出！

變異種熊蛙完全沒有反應，不痛不癢！

尾部的熊貓頭伸出了利牙，向豆奶咬下去，幸好豆奶敏捷，快速避開！

在樓梯的位置，大量的喪屍從三樓湧下來，他們根本沒法向上走！
現在他們七人被喪屍與變異種熊蛙重重包圍！
只是時間問題，如果他們再拖下去，必、死、無、疑！

CHAPTER 07

回來

COME BACK

03

「有什麼方法可以打敗這噁心的怪物？！」豆花快速斬殺喪屍。

「手榴彈呢？」孤用尖鐵支插入喪屍的喉嚨。

「沒有了！已經用完！」豆花說完，立即看著豆奶的方向：「奶，小心！」

她飛出了軍刀擊中熊蛙，把它的注意引過來！

「大家姐，子彈對它沒有效用！」豆奶大叫。

「我知道！但還有什麼方法？」豆花看著緊緊盯著自己的熊蛙。

孤也想著對付它的方法，然後他看到了……

另一邊廂。

夕夕、僖僖、豆腐、妹妹也正在苦戰之中！

妹妹把刀插入一隻喪屍的身體，可惜喪屍沒有停下！

「妹妹！」豆腐用長矛刺入那隻喪屍的頭：「要攻擊頸或以上的位置！」

「知……知道！」妹妹點點頭。

夕夕與僖僖一起對付那個青蛙頭，他們除了要躲開那條噁心的舌頭，還要應付四面而來的喪屍！

現在的情況，或者連一支軍隊也沒法應付，他們已經沒有任何逃走路線，即將要全軍覆沒！

就在這最危急的時候……

「快跳上來！」

一把聲音從變異種熊蛙背上傳來！夕夕與僖僖抬起頭看！

「只有這裡是最安全！快上來！」

是孤！他跳上了變異種熊蛙的背上！不只他，還有豆花與豆奶，他們都跳上了它的背！

在他們的腳下，都是噁心的人頭！

「我先上去！」夕夕一躍而上，孤一手捉著他的手臂。

僖僖、豆腐也隨即跳上，豆花與豆奶合力把她們拉起。

只有妹妹看著一個又一個的人頭，她沒法跳！

「快點！再不上來那些喪屍會包圍妳！」豆腐伸出了手。

「不……不行……很可怕……」妹妹不斷搖頭，眼淚都流出來了。

孤立即走了過來：「妹妹，別要怕！快上來！」

妹妹還在猶豫。

「別忘記，我們是一家人，任何事我們也一起……」孤微笑，把手伸得更長：「一起笑、著、面、對。」

這句說話，在工作室快沒法營運下去之時，孤也曾跟他們說過。

妹妹用力地點頭，用手背抹去眼淚，然後用力一跳，孤與豆腐合力把她拉上來！

「妳還是貓的時候，都很少跳的，嘿。」孤笑說。

「現在我已經不是貓了。」妹妹也傻笑。

他們七人全部跳上了變異種熊蛙的背上，熊蛙感覺到有東西在自己的背上，猛力地晃動身體！

「大家要捉緊，別要掉下去！」夕夕大叫。

豆花看著那對翅膀，感覺很噁心，不過也沒有辦法，她也要用力捉著翅膀不讓自己掉下來！

巨型的變異種熊蛙再次大叫，數十隻喪屍蜂擁而至把它包圍，因為它們最想吃的人類，就在熊蛙的背上！浮在半空的熊蛙被喪屍包圍，喪屍伸長手想爬上它的身體！

熊蛙要對付喪屍的圍攻，沒法攻擊孤一眾人！

「現在我們要怎樣？」豆奶看著下方的喪屍。

孤指著上方。

「陸地已經不行了，我們向天空前進！」

CHAPTER 07
回來
COME BACK
04

孤指著上方，在高高的樓底有一道橫梯，橫梯伸延到三樓樓梯，應該是給佈置博物館的工程人員用的。

「那麼高，我們要怎樣上去？」豆奶看著熊貓頭咬碎喪屍的頭。

「我們不是有一隻『交通工具』嗎？」孤微笑指著變異種熊蛙。

的確，喪屍被吸引過來，而且數量愈來愈多，就算是變異種熊蛙也沒法全部把它們吃下，它唯一的方法就是……升起回避！

不到數秒，被孤說中了，熊蛙慢慢地升起來！

「夕夕！你記得我製作過跳高的YouTube片嗎？九隻貓之中跳得最高是你！」他蹲了下來，拍拍肩膀：「踏上來吧，然後……跳上去！」

「好！」

熊蛙慢慢升起，距離天花上橫梯現在只有三米多的距離！

「就是現在了！」孤大叫。

夕夕助跑，用最快的速度衝向孤，然後一腳踏在他的肩膀，一躍而上！

他一手捉住了橫梯！

「成功了！」豆花大叫。

「你們快跳上來！」夕夕伸出手。

然後，他們一個又一個跳起，因為夕夕在上方伸手把他們拉著，就算是跳躍力最差的妹妹，都能夠上到去橫梯！

他們六個正在高興之際，卻沒想到出現一個問題，變異種熊蛙已經飛到喪屍沒法接觸的高度，它不用再升起！

「嘿，你們真笨。」孤苦笑。

「爺爺，你想做什麼？」豆腐大叫。

沒有人成為「踏腳石」，這樣最後一個人就沒法跳上去！孤一早已經知道！

他抬頭看著他們六人。

「好了，你們要拿到那個盒子，別要讓我失望。」他笑說。

在這麼多喪屍的情況下，他一早已經想好……要犧牲自己！

「孤！不要！」妹妹大叫。

變異種熊蛙雖然沒法看到自己的背脊，但它的舌頭卻可以伸到背上！

孤勉強把舌頭打了下來，不過攻擊將會不斷繼續！

「我不會讓你們任何一個在我面前死去！」孤大叫：「從領養你們開始，我已經說過……要、一、世、都、保、護、你、們！」

承諾。

也許，孤對人類的承諾有很多都不能兌現，不過，唯有對貓，自己心愛的孤貓，他絕對要兌現承諾。

保護他們一生一世的「承諾」！

熊蛙的舌頭把孤手上的鐵支打落，他跌倒在它的背上！

熊蛙的舌頭再次向他攻擊！孤只能閉上眼睛，他心中想……這次主角真的要死了，不過，至少他的貓還可以生存下來！

「切！」

孤聽到了一下切割的聲音後，沒有感覺到痛楚，他心想這樣就死了嗎？

他慢慢地張開眼睛。

「我們這樣辛苦才把你救回來，你怎可以說死就死？說犧牲就犧牲？」

一個人擋在孤的前方，把熊蛙的舌頭切下來！

他是夕夕！

他從橫梯一躍而下！孤完全沒想到，他會再次跳下來！

而在上方，豆花、豆奶築成了人鏈準備把他們救上來！

「你們……」孤還以為自己必死無疑。

「孤！快給我手！」豆花大叫。

同一時間，僖僖也大叫：「夕夕，左下方！」

左下方？是什麼意思？

夕夕看了一眼：「哈！我明白了！你這隻怪物，這次死、定、了！」

CHAPTER 07 回來 COME BACK 05

任何東西都會有「弱點」。

包括了進化的變異種。

在它的背上，有一個像拳頭一樣大的洞，僖僖的眼力非常好，她看到那個洞不斷噴出氣體，就好像它的氣門一樣。

變異種熊蛙不是刀槍不入，反而是就算被刺中也不痛不癢，無論它受到什麼攻擊，也不會停止行動。

不過任何東西都會有弱點，夕夕與僖僖聯想到，這個洞就是熊蛙的呼吸位置！

「孤，你先上去！」夕夕大叫。

「但……」

然後夕夕指著背上那個噴氣的氣孔。

「爺爺快上來！」豆花再次叫著。

「等我一下！」孤走到夕夕身邊：「豆腐，把妳的長矛掉下來給我！」

「是！爺爺！」

豆腐把矛掉下去，然後孤接著！

「如果要試，我們一起試吧！」孤緊握長矛。

孤與夕夕一起緊握著豆腐的長矛，偆偆在横梯上擲出飛刀阻止舌頭的攻擊！

「來吧！」

他們一起用長矛插入變異種熊蛙背上的洞！

「呱！！！！！！」

本來不痛不癢的它，發出了一下痛苦的大叫聲！

沒錯，這就是它的弱點！他們擊中了熊娃的死穴！

「快跳上去！」

變異種熊蛙急速墮下！

孤與夕夕及時捉著豆花的手臂！

「我在横梯旁邊找到了繩！」豆腐大叫，她把繩子綁在横梯，然後掉給了他們。

孤捉住了繩子，然後爬上去！

他回頭看著下方掉下去的變異種熊蛙。

從高處向下看，喪屍像螞蟻一樣爬上它的背部不斷咬食它的身體，而且不斷出現噁心的骨骼碎裂聲！

他們全部人終於成功登上了橫梯！

他們俯瞰下方的情境，熊蛙由痛苦地大叫，變成了一聲也不響，大量的喪屍已經把它咬死！

「成……成功了。」孤說。

「你下次別要再說什麼犧牲自己！」妹妹說帶點生氣：「這裡的六個人，不，還有哥哥、瞳瞳、豆豉，我們九個人、九隻孤貓也不準你這樣做！」

孤看著一向害羞的妹妹勇敢地說出心中的說話，他苦笑了。

「我明白了，對不起各位。」他看著他們：「我們沒有人要犧牲，一起生存下去！」

夕夕拍拍他的肩膀。

「好了，我們應該可以用橫梯上三樓。」信信指著橫梯的盡頭。

「我剛才找麻繩的時候，看到橫梯可以跳回樓梯的位置。」豆腐說：「現在喪屍都引到二樓了，我們要快上去！」

大家也看著像傻大姐的豆腐。

「怎樣了？」豆腐點點自己的嘴巴。

「看來只會玩樂的豆腐也長大了。」孤拍拍她的頭：「好吧！我們快走！」

橫梯的盡頭可以跳回樓梯的位置，然後，他們從樓梯直上三樓，豆腐說得沒錯，喪屍都被引到二樓去，現在三樓的喪屍只有小貓三四隻。

他們很順利地來到三樓。

「古埃及展覽廳就在左面！」豆花看著博物館場刊說。

「其實你們要找的那個盒子，真的可以拯救這個世界？」豆奶問。

「我們也不知道，不過，現在世界變成這樣，一定跟盒子有什麼關係。」豆花說。

「而且這是我們唯一的線索。」孤走入了古埃及展覽廳。

就在不遠處的位置，破爛的玻璃箱內，放著那個聖書體盒子！

CHAPTER 07 回來 COME BACK 06

天星碼頭。

在「孤貓號」甲板上的哥哥也不是沒事做，他正在研究一台像手機的機器。

這是一台無線對講機，在大半年前，他已經在研究，另一台無線對講機就在中央圖書館豆豉的手上。

「CPU產生CTCSS與DTCSS信號……經過放大調整，進入VCO進行調製……」他一面自言自語，一面上螺絲：「雖然人類文明已經崩潰，不過發射站應該還可以運作，而且大氣的電波也不會消失。」

哥哥雖然都很怕事，不過他卻是一個了得的工程師，對於機器等等的事，他可以說是天才。

「Over！Over！豆豉聽到嗎？」哥哥對著對講機說。

數秒後他又再說一次，可惜，依然沒有回應。

「已經是第十八次了，看來這次又失敗了。」哥哥有點失望。

就在此時……

「Over！我是豆豉，哥哥你聽不聽到？」對講機傳來了聲音。

「豆豉！真的是豆豉你呀？」哥哥非常高興。

「哥哥你成功了！」豆豉說。

對於他們來說，「聯絡」是非常重要的事，現在哥哥成功研發出新的對講機，以後他們 溝通就方便多了。

「現在你那邊的情況如何？」豆豉問。

哥哥說出了現在的情況。

「原來還有這些怪物！我會跟博士他們轉述。我也找到了一些有關一次世界大戰跟現在情況有關的事，等你們回來再跟你們說。」豆豉說：「哥哥你也要小心。」

這次到哥哥沒有回答他。

「哥哥，怎樣了？」

「我……看……海……有……怪……」

「你說什麼？我這邊聽不清楚。」豆豉說：「我只聽到好像是水聲，還是浪聲？」

哥哥沒法不放下對話機，因為船正在劇烈地搖晃，而且海面上冒出了……

一隻超巨型「怪物」的頭！

怪物至少比「孤貓號」大十倍！也許，是因為哥哥用的對講機時的電波，影響了它在水底的生活！

它的外表就像世界上最醜的魚……

水滴魚（Blobfish）！

它用一個憤怒的眼神看著哥哥！

「嗨……你……你好……」哥哥已經嚇到不知道要說什麼。

巨型變異種水滴魚，張開了巨大的嘴巴……

XXXXXXXXX

博物館三樓。

「看來我們成功了！」夕夕高興地說：「應該就是那個盒子！」

「對！終於找到！跟場刊中的一模一樣！」僖僖笑說。

「不知道盒子會有什麼秘密？」孤說。

他們慢慢地走向盒子，大家還是充滿了戒備心，因為他們知道，在博物館內還是危機四伏。

就在他們七人快要走到盒子的前方，一個赤裸「黑影」從上方暗處一躍而下！

「大家小心！」豆花大叫。

它拿起了那個盒子。

它……

就是在梳士巴利道三樓大樓的黑影，它一直也跟著孤他們來到了博物館！

「你……你是誰？」

因為他全身都是流質的黑色液體，他們沒法看得清楚它。

它沒有回答，把盒子掉在地上，然後走向眾人！

飛蟑螂人不敢進入博物館，它們真正恐懼的東西，不是進化變異種熊蛙，而是……

它！

CHAPTER 07 回來 COME BACK 07

「你別要過來！」夕夕大叫。

就在同一時間……

夕夕的胸前已經出現了一道血痕！

「什麼？！」

它用夕夕看不見的速度攻擊他！

「夕夕！」孤走向他把他扶著，手中沾滿了血水：「大家別要走近它！」

它兩邊的肩膀發出了光，就像貼上了兩條反光物料一樣，在昏暗的環境中，終於可以看清楚它的外表！

「這……這是什麼東西？」僖僖看著它。

它擁有人類的身軀，全身都是由黑色的漿狀液體包圍，液體不斷從它身體流下。它的頭部也因被漿狀液體包圍而沒法看清楚。

它肩膀上的光條，不斷地閃著，光條就像它的心情一樣，警告著其他生物：它……正、在、生、氣！

這個黑色液體人，已經不是普通的進化變異種，而是S級的變異種……

「特化變異種」！

「豈有此理！」豆花看到夕夕受傷，非常生氣。

同一時間，豆奶與豆腐，她們三姊妹一起向變異種黑液人攻擊！

「不要！」孤想叫停她們，可惜已經太遲。

三姊妹的動作非常敏捷，而且很合拍，豆花先向它攻擊，不到半秒豆奶與豆花也跟隨而上！

那隻黑液人沒有還擊，只在不斷閃避！

它擁有「自我意識」，除了懂得閃避，它還懂得利用身邊的物件，它的手像黑色水柱一樣伸長，拿起身邊的爛木椅，擲向豆花的背部！

木椅擊中豆花，她痛苦倒在地上。

「大家姐！」

同一時間，豆腐的長矛已經來到了它的面前。它一手把矛尖捉住，然後把豆腐拉到自己的面前！

豆奶向著它的頭部射出了子彈，它像已經一早預測到一樣，避開了子彈！

它背上出現了另一條黑色的液體柱，向著豆奶攻擊，豆奶被擊中，口吐鮮血，飛向後方的雜物。

下一秒，豆腐的頸被它捉住，她看著黑液人，它突然打開血盤大口，露出了像鯊魚一樣的牙齒！

「豆腐！」

受傷的豆花，還有僖僖快速再次向黑液人攻擊，它一腳把僖僖踢開，同時用另一隻手捉住豆花的頸！

它用力把手上一左一右的豆花與豆腐的身體撞在一起！

她們痛苦地大叫。

黑液人把她們相撞後，把她們掉在地上，再用其中一隻腳踏在豆腐的身上！

「呀！」豆腐噴出了血水。

孤只能呆呆地看著整個戰鬥過程，因為一切的動作只是發生在數秒之間，孤貓他們的速度很快，

但黑液人比他們更快！

快很多！

而且，它好像在炫耀著自己的能力，它好像……在玩一樣！

黑液人臉上嘴巴縮小，出現了一個噁心的笑容！

它只需要三兩下手腳，就已經把一眾人打敗！

它滿意自己的能力！

他媽的滿意！

妹妹在替夕夕療傷，現在只有孤一個人看著它，它把頭移向他，黑液人正在近距離跟孤對望！在它肩膀上的光條也閃得更快！

僖僖爬了起來，想再次攻向黑液人。

「僖僖！等等！」孤叫停了她：「先等等！」

CHAPTER 07 回來 COME BACK 08

孤看著展覽廳的四周，全部孤貓也受傷，只餘下他可以對付這怪物！

「僖僖，我們一左一右攻向他！」夕夕胸口長長的傷口還在流血，他再次站了起來：「分散它的注意！」

「夕夕，我先幫妳止血！」妹妹說。

「不用，我們要……」

「等等。」夕夕想說下去時，孤阻止了他：「等等……等等……」

孤的腦袋正在不斷轉動，他不想孤貓們再次受傷，他要想出更好對付它的方法。

「你……聽得懂我說話嗎？」孤跟黑液人說。

黑液人肩膀上光條的閃動速度改變，孤知道它聽得到自己的說話！

他一直最害怕擁有智慧的變異種，現在真正在他的眼前出現，孤知道如果武力沒法跟它對抗，只可以用其他的方法。

「我知道你有人類的意識……」孤慢慢走向它：「我們無心傷害你，我們只是想拿走那個盒。」

他指著地上的盒子。

黑液人的頭向下看。

「到外面去吧！」孤擠出了笑容：「我們太弱了，一點都不好玩，外面還有更多更強的變異種，可以給你玩，玩過夠，哈哈！」

其他人都在等待著孤，如果黑液人攻擊他，立即出手阻止。

他沒有走開，他反而繼續走向了黑液人，他們的高度完全一樣。

孤跟他面對面說話：「放過我們吧，我們根本不好玩。」

黑液人收起了笑容。

「我也曾經被喪屍咬過，不過現在已經沒事了……現在……現在我們正在研發新的疫苗，或者……或者說不定你也可以變回人類！」

黑液人身體上的液體更快地流下。

「我說過要保護我九隻貓，如果你要我跪下來求你，又或是扮狗叫什麼都可以！你甚至可以虐待我，殺死我，但……」孤痛苦地說：「請、放、過、我、的、貓！」

「孤！不要這樣！」妹妹大叫。

黑液人不斷流下黑色液體，開始露出液體內包著的面孔！

它……下一個動作……

「孤！」豆奶大叫。

孤向他們做了一個手勢，要他們別要輕舉妄動，別要接近。

然後，沒有人預測到的事發生……

那個黑液人……**擁抱著孤！**

同一時間，不知道是什麼原因，孤的心，就像失去了深愛的人一樣痛，他的眼淚流下。

發生什麼事？！

為什麼早前黑液人要跟著他們？

就算它有人類的意識，也不一定要跟著他們一行人，孤他們又有什麼吸引到它？

不知道是不是孤的說話影響了它，它其中一邊的肩膀的光條掉下來，整個人都好像在不斷溶化一樣！

它雙手捉住了孤的頭顱！

其他人準備向它攻擊！

「等等！別要攻擊！」孤大叫。

黑液人半邊面的黑色漿狀液體已經流了大半，它的臉容，其他人未必看得到，但近距離的孤看得非常清楚！

「什……什麼？！」

「走！」

它大聲地吼叫！

它不只擁有人類的意識……還懂得人類的語言！

「走！快走！！！」

或者，本來想殺死他們的黑液人，因為孤的說話，讓它挽回一點……**人性！**

未等孤回應，它像飛一樣快，跳到高處，離開了展覽廳！

全部人也不知發生什麼事，只能看著他離開。

CHAPTER 07 回來 COME BACK 09

冷靜下來後，他們走到孤身邊。

「爺爺！你沒事嗎？」豆腐非常擔心。

他還是呆了一樣看著前方。

「孤！」僖僖拍打他：「發生了什麼事？」

他用淚眼看著她，才醒過來：「我沒……沒事。」

「為什麼它會突然離開？」豆奶問。

孤沒有說話，他還在流淚，其他人不知道他為什麼會突然流淚。

「我們先離開這裡再說吧，那些三樓的喪屍也許很快就會追上來！」妹妹一邊替夕夕包紮，一邊說。

三姊妹和僖僖也在處理自己的傷口，還好，不是傷得太嚴重。

「孤，盒子！」夕夕指著地上的盒子。

他點點頭，走到了箱子的前方，蹲了下來。

他用染了夕夕血的手拿起了盒子，同時，眼淚繼續滴在刻上文字盒子之上。

他緩緩地把盒子打開，盒子有一塊鏡子，而黑液人肩上掉在地下的發光條，正好折射了光線。

在鏡子中，他看到正在流淚的自己，還有……

那個痛苦的表情……

然後……

然後……

然後……

半秒的時間……

「我……我回來了！」

「爺爺，你說什麼？」豆花問。

他用淚眼看著她：「花，我回來了！我從『時間線二』回來了！」

豆花一臉迷惘。

「先離開博物館再說吧。」夕夕知道孤打開了盒子後應該出現了一些變化：「問題是我們要怎樣出去。」

妹妹扶起了夕夕：「二樓還有很多喪屍。」

「後門！」孤抹去淚水，指著展覽廳深處：「那裡有後門，可以逃出去！」

「爺爺你怎知道有後門？」豆奶問。

「因為……」孤微笑說：「我曾經在後門逃走過！」

大家也不明白孤說什麼，不過，他們絕對相信他。

「我們快走吧！」信信說：「我們一起回到『孤貓號』！」

一行七人，雖然大家都有受傷，不過慶幸沒有人死去，幾經辛苦，他們終於得到了聖書體盒子，完成了這次的任務。

因為孤在「時間線二」研究過博物館逃生路線，他們很快就逃出了博物館。

他們向天星碼頭進發，哥哥正在等待他們！

不過，回去的路途並不簡單，他們眾人還是滿街喪屍的目標！

他們來到彌敦道與海防道交界，遇上十數隻喪屍，因為他們已經受傷，沒辦法全力戰鬥，只能從彌敦道走向北京道，逃過喪屍的攻擊。

別忘記，那些喪屍不是慢慢走的那一種，而是為了咬人全力飛奔！

他們幾經辛苦終於來到了廣東道，不遠處就是天星碼頭。

「夕夕要不要休息一下？」妹妹看著夕夕的胸口還在滲血。

「不，如果要在這裡休息，不如先回到船上！」夕夕看著大家：「別要放棄，我們就快到哥哥那裡！」

「別要這樣大聲，傷口又會再爆開。」孤扶著夕夕說：「好吧，我們一口氣衝向碼頭！」

「好！」

他們一鼓作氣來到梳士巴利道，沿途披荊斬棘，只有零碎的喪屍，他們這個強大的團隊絕對可以應付得來。

「你們有沒有覺得很奇怪？」孤說：「之前那些人形長頸鹿全部都失蹤了。」

「可能是回去睡覺吧！」豆花說。

「變異種又怎可能喜歡睡覺？大家姐妳用腦想想。」豆腐揶揄她。

「妳又怎知道不會？」豆花反駁：「熊貓與青蛙連體也有了！」

的確，熊貓與青蛙連體，還有長頸鹿等等，香港根本就不會有長頸鹿，孤覺得很古怪。

就在她們想繼續吵下去之時。

「噓！」信信叫停了她們：「你們聽到嗎？」

全部人也停了下來。

人型長頸鹿消失原因，是因為……它們最害怕的東西，霸佔了它們棲身之地。

他們一起回頭看……

那條被他們炸飛的變異種人蟒，再次出現！

它要為之前的事……**報仇！**

「快跑！跑回船上！」

CHAPTER 07

回來

COME BACK

10

他們快要來到了天星碼頭，不過變異種人蟒還在後方緊緊追著他們！

「等我來擋著它，其他人先上船！」夕夕大叫。

「不行！我們一起走！不是你說的嗎？沒有人可以犧牲自己！」孤說。

他們終於來到了碼頭，不過同時變異種人蟒已經非常接近他們！

「哥哥呢？哥哥沒有在甲板上？」妹妹看著「孤貓號」說。

人蟒已經準備好攻擊他們一眾人，它的目標，是走在最後的豆奶！

豆奶一面走一面回頭：「噁心怪物！去死吧！」

她拔出了手槍打向人蟒，可惜，人蟒完全不痛不癢，繼續攻擊她！

它已經張開了大嘴巴，準備把豆奶吞下！

就在此時……

人蟒突然停了下來！

同一時間，海面上出現了一隻龐然大物！比人蟒更大，大好幾倍的……巨型水滴魚！

「什麼鬼！？」

除了人蟒，全部人同樣停了下來！

孤心想這次真的沒命了，這隻超巨型的醜樣怪物，他們根本就沒法對付！

「＃＄％＠！＃！＄＠！！」

變異種水滴魚發出了奇怪的叫聲，它緩緩把嘴巴張開……

「大家找東西捉住！」在孤貓號上傳來了聲音，是哥哥：「它的目標不是我們！別要怕！」

水滴魚的嘴巴像吸塵機一樣，把整條人蟒吸入嘴裡！

風停了下來，隨之而來，就是咀嚼的聲音！

孤他們完全搞不懂究竟發生什麼事！

哥哥從「孤貓號」跳了下來：「大家沒事嗎？我等你們很久了！」

「等等，哥哥……」孤指著巨型的變異種水滴魚：「這醜樣的魚是什麼東西？」

「妹妹！」哥哥看著她：「是妹妹的朋友！」

「什麼？！」全部人都呆了。

妹妹已經走到岸邊，水滴魚的面前，她摸著它滑潺潺的皮膚。

「你是……滴滴？」妹妹問。

水滴魚發出了叫聲回應她。

兩年前，某天妹妹在海中打魚，發現了當時只有像手掌大的「滴滴」，當時其他人見到醜樣的它都說要殺了它，只有妹妹覺得它很可憐，決定了養它。

可惜，滴滴因為被病毒感染，身體變得愈來愈大，小魚缸已經不夠空間，最後她只能把它放回海中。

當時只有一個籃球大的滴滴，現在已經變成了超巨大的水滴魚！

「妳的善良，讓它報恩了。」孤也走到妹妹身邊，他抬頭看著它：「你叫滴滴嗎？你好。」

這是一個很大的發現，進化變異種不一定會傷害人類，這一條變異種水滴魚已經證明了。

善良在這個時代有用嗎？

無論是人類又或是偛類，都會有善良的一面，至少，這次妹妹的善良，拯救了孤他們一眾人。

妹妹有想過滴滴會回來報恩嗎？我想她從來也沒有這個想法，最後，水滴魚卻前來拯救了他們。

就如領養貓的奴才，他有想過會得到什麼回報嗎？

沒有，至少不會想貓報恩。

只不過是想幫助一些比人類弱小的動物，給牠們住的地方、吃的食物。

所以，養動物的人類，怎說都比較「善良」。

「好了，如果再不上船，我應該會失血過多了。」夕夕說。

「對！忘記了！」妹妹說：「大家快上船吧！」

一行人回到「孤貓號」，他們終於完成了這次任務，回到船上休息。

現在，還有水滴魚的守護，船上是最安全的地方。

晚上，甲板。

三姊妹跟孤在看著在水中的月光倒影。

「爺爺你說什麼回來了？什麼時間線？究竟在說什麼？」豆花問。

「還有那個黑液人，你見到他的外表了嗎？為什麼它會放過我們？」豆奶問。

「對！你又怎會知道有後門逃走呢？」豆腐問。

「太多事情發生了，先讓我組織一下再跟你們解釋。」孤說：「現在我們先回去妳們爸爸媽媽身邊，我們再從長計議。」

「一定要去帶思婷回來！OPPA一定會很高興！」豆奶說。

「好，回去我們再安排吧，不過現在……」孤躺下來看著月光：「妳們可不可停止問我問題呢？我想讓腦袋休息……」

他還沒說完，三姊妹已經躺在他的身上與手臂上。

就像以前還是貓時一樣。

沒有任何人再說一句話。

他們安靜地享受著沒有喪屍、沒有變異種、沒有殺戮、沒有血腥味道的時光。

就像從前在工作室的……快樂時光。

CHAPTER
08

新旅程

Journey

CHAPTER 08

新旅程

Journey

01

三天後，孤一行八人回到了中央圖書館難民營。

豆豉與瞳瞳在正門等待他們。

「媽咪！」最黏瞳瞳的豆花，走上前擁抱她。

然後是豆奶與豆腐也走向兩父母，他們一家五口一起擁抱著。

這個畫面很溫暖。

「我還未罵妳們兩個，為什麼擅自走去博物館？」瞳瞳忽然生氣地對豆奶與豆腐說：「要不是夕夕用對講機告訴我們，我還不知道你們經歷了那麼驚險的事！妳們知道有多危險嗎？」

「知……知道。」豆腐看著在瞳瞳身後的豆沙，轉移話題地說：「豆沙！妳記我嗎？我是豆腐姐姐，我們一起去玩吧！」

「好！」

豆腐拉著豆沙離開。

「這個細女真是……」瞳瞳沒她好氣。

「對不起，媽媽。」豆奶擁著瞳瞳：「沒有下次了。」

「總之她們平安回來就好了。」僖僖說。

「對，我也是這樣想。」豆豉看著夕夕：「夕夕你的傷勢沒大礙嗎？」

「還好，對付兩打喪屍也沒問題。」夕夕舉起了手臂。

「哥哥、妹妹，很久沒見了。」豆豉跟哥哥握手：「沒想到妹妹妳會有變異種的朋友，而且是條大魚。」

「我也沒想到滴滴會變得這麼大！」妹妹笑說。

「豆豉，對講機應該可以大量生產，我……」

哥哥還未說完，我拍拍手，大家也看著我。

「九隻貓，終於再次齊集在一起了。」我微笑說。

除了我剛剛來到「時間線一」的那天，之後就沒齊齊整整見過他們九個人，現在終於能夠再次看到他們。

「的確是！孤好像還是第二次見齊我們！」夕夕說。

「我有一個請求。」我說：「我想跟你們九個一起拍張相，你們有沒有手機或相機？」

「有！」哥哥從背包中拿出一台即影即有相機。

「你是叮噹百寶袋嗎？」我苦笑：「好，大家排好！」

然後他們找來了一位居民來幫助拍照。

他們十個人排好，對著相機微笑。

「三、二、一，笑。」

「咔擦！」

這張相很珍貴，我跟九隻貓合照就有試過，卻從來沒跟九隻變成人的貓一起合照。

拍照完後，我們多聊了一會後，就各自做自己的事情，今晚再一起吃晚飯，我有時想，其實在這時代生活也不錯，因為我有他們九個。

豆花三姊姐準備去地下水道，帶思婷與那裡的人來難民營，瞳瞳與妹妹去照顧難民營的小朋友，還有教居民新的種植方法，哥哥準備量產對講機，而信信去找OPPA，看看疫苗的研發進度，而我、夕夕、豆豉回到圖書館開會。

我把發生在我身上的事，再清楚地跟他們解釋一次。

「等等！」夕夕的腦袋快要爆開一樣：「你回到自己的時空，然後又回來了，而且又見到一個三十五年後的自己……我完全聽不懂！」

嘿，我就知道他會這樣，不過豆豉看來聽得懂我的說話。

「讓我從新組織一次。」豆豉說：「在這裡博物館的你，即是『時間線一』，你打開了那個聖書體的盒子，正好盒子內的鏡子被光條照到反射，你回到了你本來的『時間線二』，就是事件發生五天前的世界，然後你在『時間線二』跳下了海回來了『時間線一』，所以你打開盒子的半秒，其實是經歷了『時間線二』跟三十五年後的自己對話的時空。」

「對，就是這樣了。」我說。

「但你為什麼可以回來『時間線一』打開盒的同一時間？」豆豉問：「不是會再出現『新的時間線』嗎？」

「因為打開盒子時，我腦海中想著我在『時間線一』最後的畫面與你們，然後我就回來了。」我說：「是三十五年後的我教我的！其實我在這時間線有消失過，不過，只是半秒我又回來了，所以你們才沒有發現。」

「我完全聽不明！」夕夕說：「你的讀者都喜歡你寫像這樣複雜的小說嗎？」

「嘿，我也不知道。」

「我很喜歡！」豆豉說。

「當然有一個問題，就是……」我認真地說：「在『時間線一』，就是現在，我已經打開了盒子兩次，這樣說，病毒應該已經消失了，不過，世界還沒有回復正常，變異體也沒有變回人類，你們也沒有變回貓。」

「等等，你才打開盒子一次，又怎會是打開第二次？」夕夕不解。

CHAPTER 08 新旅程 Journey 02

豆豉在思考我的說話。

「為什麼？」夕夕問。

「因為第一次接觸這個盒子的人……」我說：「是本來在『時間線一』的我！」

假設，穿越平行時空的方法有兩種：一、是靈魂穿越到不同時空回到自己的身體；二、是整個人去到另一個時空。在不同的電影中，都會出現其中一種情況。

三十多年後的我回來找我，就是「二」整個人去到另一個時空，而我睡醒去到了另一個五天後的平行時空呢？是「一」靈魂回到自己的身體嗎？還是「二」我整個人去到另一個時空？

「我想知道，你們還記得三年多前我是在工作室睡著了，然後我醒來後，你們變成了人看著我。」

我問：「在這之前發生的事，你們記得嗎？」

「三年前的事，孤你真的考起我了。」夕夕在回憶：「因為每天在工作室的生活也差不多，就好像晚上睡覺前擦牙一樣，腦中總是會問自己『啊？我好像已經擦了牙？』，其實只是昨天擦了牙，而不是今天。」

「我也沒有什麼記憶。」豆豉說：「因為還是貓時我們是沒有時間觀念，好像就是前一天還是貓，第二天就變成人了。」

「我回到『時間線二』時，在『時間線一』最後在博物館的一幕也沒有記憶。」我說：「你們……會不會也出現同一情況？」

「這樣說……」豆豉想了一想：「不會吧！」

「你們在說什麼？我完全不明白！」夕夕說。

「你們九個人……」我指著他們：「或者……**也不是生活在這個時空，而是由另一個時空來到『時間線一』**！」

他們兩個都呆了！

「如果以你的說法，本來在『時間線一』的孤貓呢？」夕夕問。

「也許跟其他消失的貓一樣，已經回到自己的星球。」我說：「如果這樣說，你們沒有記憶就合情合理了，而且不是『一』靈魂回到自己的身體，而是『二』整個人來到這個時空！」

而且，當他們還是貓時，就如夕夕說的，牠們不會知道之前世界發生什麼事。

更正確的說，牠們才不會關心世界會變成怎樣。

「除了三十多年前的你回來找你之外，還有什麼證據證明不是『一』靈魂回到自己的身體，而是『二』整個人來到這個時空？」豆豉皺起眉頭說。

「那個……黑液人。」我說。

「跟他有關？」夕夕非常驚訝。

「我回來後，記憶慢慢地開始清晰，我看到他半邊的面，我絕對不會認錯的。」我沉重地說：「那個人……就是我。」

他們再一次呆了一樣看著我。

黑液人就是這個時空的「我」。

它為什麼會跟蹤著我們？又為什麼會被我的說話影響？也許就是因為……

它就是我，還留有一點「我」的人性！

「Oh My God！」豆豉托一托眼鏡：「這樣說就說得通了！『時間線一』的孤跟你一樣，在發生穿越前的六天看到盒子，讓盒中的病毒散播全世界！所以在博物館時，你的確是『第二次』打開盒子！而在『時間線一』的你，不幸地也變成了『變異種』！

「但問題是……」孤說：「盒子第二次被打開，病毒就會消失，不過，就算病毒不再散播，喪屍與變異種也沒有變回正常的人類。」

「我們也沒有變回貓。」夕夕說。

「所以我們這次行動好像成功了，不過，其實也沒法改變這個世界。」我有點失望：「現在也不知道還有什麼方法，好像所有的線索也斷了一樣。」

「孤，別要放棄。」夕夕說：「其實你從自己的時空回來幫助我們，已經是很難得的事。」

我想起了三十五年後的自己，我不想再一次遺憾。

「或者，線索還未斷。」豆豉說。

「什麼意思？」

CHAPTER 08

新旅程

Journey

03

豆豉把一台圖書館的電腦搬了過來。

「夕夕你需不需要休息一下？」豆豉問。

「我去沖杯咖啡，太多資訊了，腦袋快爆炸。」夕夕說。

「嘿，我也要一杯，謝謝。」我笑說。

豆豉打開了電腦。

「哥哥在早前修理好中央圖書館的內聯網網絡，雖然還是沒法上網，但可以看到圖書館借書的資料。」豆豉看著螢光幕說。

看來哥哥如果在我原來的時空用人類的身份生活，他應該是位天才，豆豉也是。

「你記得嗎？我曾經在圖書館找過有關聖書體盒子的書籍。」豆豉說：「然後在借閱表上顯示只有一個人借閱過這本書籍。」

「當然，這麼悶的書，也許就只有你會喜歡看。」我笑說。

「我很好奇是什麼人會像我一樣，對這本書有興趣，然後我就在圖書館電腦的內聯網中找查這個借書人的資料，我想知道他還會借什麼書來看。」豆豉繼續按著滑鼠：「然後，我找到了他借的其他兩本書。」

我看著螢光幕讀出書名：「這是一本有關一戰的英文書籍，譯作中文即名為《第一次世界大戰編年史》，有什麼奇怪呢？」

「我把整本書也看了一次，有一個地方我覺得很古怪。」豆豉說：「你等等我。」

他在另一張書桌拿來了一本書，就是《第一次世界大戰編年史》，看到沉悶的封面，已經不想打開來看。

豆豉翻去其中一頁，是一張非常舊的日本報紙剪報，日期是一九一七年四月十三日。

「我翻譯了當中的內容。」豆豉給我一張紙。

紙上寫著，第二特務艦隊的海軍少將佐藤皐藏，他的「明石號」巡洋艦經由科倫坡和塞得港，於一九一七年四月十三日終於抵達了馬耳他。

「這不是重點，重點在下方的一個訪問內容。」豆豉指著剪報：「當時記者訪問了其中一個日本士兵。」

內容是，記者問士兵對這次戰爭有什麼看法，而那日本士兵說。

「大日本帝國絕對可以在第一次世界大戰中勝出。」

「有什麼問題呢？我不明白。」我說。

然後豆豉指著剪報的原文，它是寫著「World War I」。

「你再想想。」豆豉說。

我還是不明白，我皺起了眉頭，認真地思考「World War I」有什麼問題？不就是第一次世界大戰的意思嗎？

「等等……」我全身也起了雞皮疙瘩：「不會吧……」

「對，看來你也想到了。」豆豉說：「如果你有兩個兒子，要形容大兒子時，你會說『他是我第一個兒子』；但當你只有一個兒子時，你才不會說『他是我第一個兒子』，而是說『他是我的兒子』。」

當年根本就不會叫做「World War I」，因為……

第二次世界大戰還未發生！

「我比對過其他有關一戰的新聞報紙，大多都是用『Great War』去形容第一次世界大戰，只有這個日本兵，說出了第一次世界大戰，World War I！」

一九一七年的人類，根本就不會預測到二十多年後會有第二次世界大戰，所以當時的人，根本就不會用「第一次」去形容這次大戰！

「這樣說……」我的汗水流下。

「沒錯，也許這位士兵……」豆豉說：「預知了未來，甚至是曾經有過時空旅程！」

我看著書中那張相片，模糊得看不清他的樣子。

就是……「這個人」嗎？

CHAPTER 08 新旅程 Journey 04

「等等，如果這樣說，也只是『猜測』而已了。」我說：「會不會只是巧合用了World War I？」

「我有這樣想過，然後……」豆豉把另一本書給我看：「第三本他借的書，是這一本。」

我看著這本英文書，整個人也呆了！

雖然我英文不好，但我看到書名就知道是什麼書。

"History of bitcoin"（《比特幣的歷史》）！

有很多人說，比特幣的去中心化區塊鏈技術，根本就是未來人送給人類的「禮物」，而那個首次在網上發表"Bitcoin: A Peer-to-Peer Electronic Cash System"（《比特幣：對等網絡電子現金系統》）文章的人，已經銷聲匿跡，沒有人知道他的去向。

「孤，你看。」豆豉指著電腦螢光幕。

「什麼？！！！！」我大叫了起來。

「發生什麼事？」夕夕拿著咖啡走回來看著電腦畫面：「這是借書人的資料，有什麼特別？」

在借書人一冊資料之中，寫上了一個人名……

一個已經銷聲匿跡，大家也認為是製造比特幣的人……

Satoshi Nakamoto.

中本聰！

「他是誰？為什麼這樣驚訝？」夕夕不明白。

「他是一個……」我說：「影響了整個世界的人！」

豆豉再次給我看《第一次世界大戰編年史》報導的士兵名字，也是寫著Satoshi Nakamoto！

「這還會是『巧合』嗎？」豆豉問。

我不斷搖頭，已經不知道說什麼好。

「這個名為中本聰（Satoshi Nakamoto）的人，來到中央圖書館借出了三本書，一本有關古埃及聖書體盒子的書、一本有關第一次世界大戰的書，還有一本有關比特幣的書籍。」豆豉說：「如果把全部有關連的事串連起來……」

「歷史、時空、未來！」我大叫。

「對！就是這樣！」

是「他」有心留下線索給我們嗎？還是……

「這個借書的人好像很重要似的。」夕夕說：「但我們又怎樣找到他？」

「有借書的登記人地址！」豆豉說。

夕夕看著螢光幕：「長洲……長洲贊端路十八號海盜灣！」

「沒錯！」豆豉看著我：「這就是我們找到的新線索！也是唯一的線索！」

我整個人還未定下來。

「看來我還要喝多一杯咖啡，嘿。」我苦笑說。

「沒問題！」夕夕跟我單眼。

「看來……」我看著他們：「我們下一個目的地，將會是……長洲贊端路海盜灣！」

……

…

.

晚上，晚飯時間。

我已經把我跟豆豉與夕夕的討論內容，告訴了其他人。

「我從來沒想過，其實我們不是屬於這個時空！」豆花說。

「原來那個黑液人是這個時空的爺爺！」豆腐說。

「但為什麼它會攻擊我們呢？」豆奶問。

「或者，它根本就沒法控制自己。」夕夕說：「如果他知道是我們，絕對不會出手的。」

「對，最後它也離開了。」僖僖說。

「你們好像比我更清楚『我自己』。」我喝著薯仔湯。

「當然！」他們看著我一起說。

要這麼合拍嗎？嘿。

沒錯，他們知道我為了他們才會回來，我當然絕對不會傷害他們！

CHAPTER 08
新旅程
Journey
05

那些未有真正答案的謎題，暫時只能放在一邊，因為還有更逼切的事。
「阮博士跟我說，疫苗正在製作中，不過還需要一點時間。」信信交代說。
「另外對講機很快就可以大量生產。」哥哥說：「我們已經收集了很多手機，然後改良成對講機。」
「我們三姊妹決定了明天會帶思婷與地下水道的居民回來。」豆奶說。
她們三個看了瞳瞳一眼。
「放心吧，我也會去。」信信碰一碰瞳瞳的手臂：「不會有事的，別忘記我跟豆花已經流浪很久了，沒什麼事可以難到我們。」
「對！我會看著兩個妹妹的！」豆花說。
「我跟二家姐也長大了，媽媽妳就放心吧！」豆腐說。
「我有說過不讓妳們去嗎？」瞳瞳說。
聽到瞳瞳的說話，豆奶與豆腐擊了一下掌。
「總之妳們要小心，還有保護其他的人。」瞳瞳說。

「沒問題！」

她們三個還是很聽瞳瞳的說話，而且瞳瞳也很愛她們。

「我跟三長老說過孤的事，他們也沒有更多的資料提供了。」豆豉說：「不過，他們都相信『貓星球』的存在。」

「嘿，明白。」我看著夕夕：「中央圖書館的保安怎樣了？」

「已經交給了發仔他們，沒問題的。」夕夕說。

「很好。」我站了起來：「我想一星期後出發。」

他們已經知道我的下一個目的地。

雖然，不知道那個中本聰是不是真的，甚至存不存在，不過，這是我們唯一追查下去的線索，不知怎的，我總是覺得是一場「安排」，也許，他有回復世界的方法。

「但有個問題。」哥哥說：「來回灣仔與尖沙咀還可以駕駛『孤貓號』，不過要去長洲的船程太遠，而且還要回程，我怕未必可以應付，如果我們都困在海中，就死定了。」

「哥哥你別要說這些不吉利的事！」僖僖拍打他的背。

「不用怕，我已經有對策了。」我看著妹妹。

「對，我會叫滴滴送我們的『孤貓號』到長洲。」妹妹說。

「那隻醜魚真的可以控制嗎？」豆花說：「嘻！雖然它醜，不過其實我覺得它蠻可愛！」

「它不會受妳跟我控制，不過它聽妹妹的話。」我指著她。

「應該沒問題的！」妹妹說。

哥哥、妹妹還是貓的時候，未必是孤貓中最受歡迎，不過，他們在這個時代卻非常可靠。

「好吧，大家還有一星期準備，之後就是我們孤貓團隊的……**長洲之旅！**」

一星期後。

僖僖與三姊妹成功把思婷與地下水道的居民救出，思婷跟OPPA重聚的場面非常感人，我很明白他們的心情，因為我也曾經死裡逃生，跟九隻孤貓重聚。

哥哥把一輛一直泊在中央圖書館門外的巴士修理好，我們終於不用徒步走去灣仔碼頭，有車代勞了。

哥哥、妹妹也決定了跟我們一起前往長洲，因為只有哥哥懂得駕駛「孤貓號」，還有巨型水滴魚只會聽妹妹的說話。

「僖僖，妳的背包這麼漲，放了什麼？」夕夕問。

「全部都是求生用品！」僖僖笑說：「到時你就知道有用！」

僖僖知道會是一躺很長的旅程，當然準備好所有的必需品。

而最讓我意外的是「他們」。

「爸爸，你怎會穿到像日本盔甲士兵一樣！」豆腐笑著說。

「我怕被咬到……」豆豉說。

「你這樣活動起來更不方便！」豆花說：「別要穿了！」

「其實，我也很少出門，所以……」

豆豉還未說完，豆奶已經搶去了他手上的日本武士頭盔。

「爸爸別怕，我們三姊妹會保護你！」豆奶自信地說。

「誰要妳們保護？別少看我跟妳們爸爸。」瞳瞳走了過來。

豆豉跟瞳瞳也決定了一起到長洲，加入我們的……冒險之旅。

我們坐巴士很快就來到了灣仔碼頭，沿途的喪屍根本追不上巴士的速度。

我們一行十人走下了巴士，看著屬於我們的「孤貓號」。

「好了，大家準備好了嗎？」

我回頭看著他們九個人，他們都在點頭。

嘿，真想拍下他們九個充滿自信的樣子。

「新旅程正式開始，我們出發！」

CHAPTER 08

新旅程

Journey

06

「孤貓號」上。

我們已經開始了新的旅程，如果說是旅程，可能更像一場歷險之旅，根本就不會知道前路會有什麼危險。

回來「時間線一」，最大原因都是九個變成人類的孤貓，但其實還有一個原因，就是我想在平淡的生活中，加入一些不平凡的回憶。

每天都是上班下班，寫書寫書寫書，怕沒錢交租，又怕沒錢給貓醫病，現在，有這次不可思議的旅程，我非常喜歡。

或者，我寫小說就是想脫離現實的世界，現在比寫小說更痛快，因為我真真實實地經歷著人類文明崩潰的時代。

甲板上。

「妹妹，妳又說那醜魚會幫我們？它呢？」僖僖問。

「它不是一直也跟著我們嗎？」妹妹指指海面。

距離「孤貓號」十米範圍內有一個巨型的黑影，沒錯，黑影就是巨型水滴魚。

「妹妹！我停船了！」哥哥大叫。

「好！」

然後，妹妹用手指吹了一下哨子聲。

「嘩嘩嘩！發生什麼事？！」豆豉差點站不穩。

「孤貓號」突然在搖晃！

「**#R@#%!$^!!**」

巨型水滴魚發出了奇怪的聲音，好像在回應妹妹一樣。

突然，船速加快！

「孤貓號」就在水滴魚的背上，它載著整艘船向進行，乘風破浪！

「Yeah！這樣快多了！」我在船頭大叫。

海風就如一雙帶點冰冷的手，在撫摸著我的臉頰。

「大家過來！」我跳下甲板，然後躺在甲板之上：「快睡在我的身邊！」

上次不齊人，應該說不齊貓，這次齊了。

「奴才就是奴才，死性不改，我們來了！」瞳瞳走到我身邊，躺在我的胸前。

九隻由貓變成的人，一起躺在我的身邊。

我回憶起在工作室跟牠們一起躺著睡的畫面，很幸福的感覺。

「哥哥，這是什麼？」豆奶問。

「航拍機！我修理好了！我想用它在天空拍一張相片！」哥哥控制著航拍機。

它就在天空中，拍下我們在甲板上悠閒地曬太陽的畫面。

溫馨的畫面。

「路飛、卓洛、奈美、烏索普、山治、索柏、魯賓、芬奇、布魯克，還有甚平。」我看著天空的白雲自言自語。

「爺爺妳在說什麼？」豆花問。

「《One Piece》，海賊王的角色。」豆豉看著我交給他的手錶：「孤你喜歡的小說與漫畫，我全部都看過了！」

「沒錯，現在我們就像是《One Piece》一樣，一起找尋寶藏，不，是一起找出改變這個時代的方法。」我笑說。

「那我是哪一個角色？」豆腐問。

我看著她：「妳一定是烏索普！最有娛樂性！」

豆豉在奸笑。

「爸爸你在笑什麼？烏索普是誰？是不是美女？好像是男人名一樣！」豆腐問。

「無論是什麼人，妳也是我最疼愛的『船員』。」

我合上了眼睛，享受著難得寧靜的時光。

……

…

.

巨型水滴魚的速度真的很快，我們已經經過關公島與喜靈洲，很快就會去到長洲。

正當我以為一切順利之時，出現了最危險的情況。

或者，所有冒險故事，都不會這麼簡單。

CHAPTER 08

新旅程

Journey 07

「大家看！前面！」夕夕大叫。

我們終於可以見到目的地——長洲。

「我們要從大貴灣那邊進入，贊端路在長洲的下方。」豆豉看著地圖。

「妹妹妳可以控制水滴魚方向嗎？」我問。

「我試試，應該沒問題的。」妹妹說。

妹妹再次吹起哨子，她用自己方法跟它溝通。

突然，巨型水滴魚停了下來。

「不是要停下來，是要轉右方。」豆豉說。

妹妹回頭說：「不，我沒有叫它停下來，滴滴突然自己停下來了！」

「有點不對勁！」瞳瞳看著前方水面：「好像有東西在醜魚的前方！」

不到一秒，在水滴魚前方的水面，出現了另一隻巨型「怪物」！

「這是什麼東西？！」瞳瞳問。

「這……這是……藍……藍龍（Blue Sea Dragon）！」我退後了一步。

我曾在海洋紀錄片中看過它，本來只有手指面的大小，現在卻跟水滴魚一樣，變成了龐然大物！

原本藍龍是海蛞蝓其中一種，牠的身體平坦尖細，擁有手指一樣的角鰓，背側和腹側呈現深藍與銀灰色，頭部還有深藍色的條紋。

眼前這隻巨型藍龍全身都在發出藍光！它還有一條長尾巴！

變異種藍龍浮上了水面，全身也發出了藍光，好比一隻海上孔雀！

「夜光藍，很漂亮！」豆奶指著它說。

「比醜魚美多了！」豆腐說。

同一時間，水滴魚也浮上了海面，發出了古怪的叫聲。

「它們是在溝通嗎？」豆花問：「或者它們可以成為朋友。」

就在豆花想得太天真之時，巨型藍龍張開了它的嘴巴，露出一排排鋸齒狀牙齒！

它下一個動作，就是向水滴魚咬下去，水滴魚發出了痛苦的叫痛！

「滴滴！」妹妹大叫。

兩隻巨大海洋生物開始互相攻擊，「孤貓號」也強烈地搖晃！

「漂亮又如何？它是我們的敵人！」僖僖用力捉住欄杆。

「大家快回去船艙！」夕夕大叫。

「哥哥準備控制『孤貓號』！」豆豉也衝回室內。

「知道！」

我看著還在甲板的妹妹：「妹妹！先回船艙！」

「但滴滴它……」

「妳也沒法幫到它！快走！」我把她拉走。

水滴魚不想我們翻船，它正在兼顧著我們來跟藍龍戰鬥！『孤貓號』繼續左搖右擺，船身強烈震盪！

「醜魚！你要打低它！」豆腐在替它打氣。

藍龍想用它的長尾巴攻擊水滴魚，它那長滿刺的長尾巴在水滴魚身上劃過，出現了一道非常長的傷口！

水滴魚沒有退縮，它沒有理會自己的傷勢，一口把藍龍的尾巴咬斷！

藍龍痛苦地大叫。

藍龍大叫之時，水滴魚又臭又大的嘴巴已經張開，然後……

它一口把藍龍咬斷！把它分成雙半！

藍色像血水一樣的液體，灑在甲板之上！

「醜魚打贏了！」豆花高興地大叫。

滴滴發出了勝利的叫聲！

「但滴滴也受傷了。」妹妹很擔心它。

「這條巨魚，真的很可靠！」我拍拍妹妹的頭：「你的朋友雖然醜，但很可靠！」

她知道我在哄她開心，也跟我微笑。

正當我們都放下了心頭大石之際……

「大……大家……」哥哥指著遠處海面。

「不……不會吧……」

我們一起看著前方。

一……二……三……四……五……六……

目測至少有六條同樣巨大的藍龍浮上了水面！！！

CHAPTER 08

新旅程

Journey

08

「#%(@##$!!」水滴魚發出了可怕的聲音。

妹妹回頭跟我們說：「它會引開那些藍龍，然後我們從右面逃走！」

我也不知道妹妹是怎樣跟滴滴魚溝通的，不過，已經沒有其他的選擇！

「哥哥準備開船向右航行！」我看著其他人：「大家要捉緊船，別要掉下海！」

「知道！」

不久，水滴魚潛入了海中，我們立即向右轉，向著長洲進發！

「孤貓號」距離水滴魚與數條藍龍愈來愈遠，我們只見到它們已經開始互相攻擊，水花四濺！

妹妹擔心地看著遠處的海面，瞳瞳走到她身邊擁抱著她。

「醜魚是我們的救命恩人。」瞳瞳說：「永遠也是。」

妹妹點點頭，其實大家都知道，以一對六根本沒有勝算。

「我們從大貴灣駛去西灣，然後就可以去到長洲贊端路十八號海盜灣。」豆豉把地圖遞給哥哥看。

「沒問題，現在我們正駛入大貴灣。」哥哥繼續操控著孤貓號：「如果滴滴出了什麼事，『孤貓號』應該足夠支撐回程的路途。」

「明白。」我看著左面的陸地：「希望這次旅程……是值得的。」

其實我也不知道「那個人」會不會乖乖地在贊端路十八號等待我們，不過我總是覺得，如果那個人是在「安排」著什麼，我們一定可以見面。

很快，我們已經進入了大貴灣，靠向岸邊越來越近。

「大家快來看！」豆花在後面船艙看著海面大叫。

我們立即走到後方，海面出現了巨浪，藍色的手指角鰓，不斷拍打著海面前進！

是另一條進化變異種藍龍！

「哥哥開快一些！」夕夕回頭說。

「已經是最快的了！」哥哥說。

藍龍跟「孤貓號」的距離愈來愈接近，再這樣下去，它會追上我們！

「船上有沒有救生艇？」我問哥哥。

「有！船後方有兩隻！」哥哥說。

「大家……」我認真地看著他們：「我們要棄船！」

「但……如果沒有船我們怎回去？」瞳瞳擔心地說。

「長洲一定有船，到時我們可以坐其他船回去！」我說。

「我明白了！」豆豉快速地說：「老婆，這是我們生存下去的方法！豆花、豆奶、豆腐，快去幫助拿出救生艇！」

我們合力拿出救生艇，然後來到船尾，浪非常大，藍龍快要追到我們！

「沒時間停下來了，我們把救生艇放下海，同時大家立即跳下去！」我說：「夕夕、僖僖、妹妹、豆奶、豆腐，你們先下去！之後到其他人！」

「知道！」

其實，還有一個很大的問題，如果我們從救生艇逃走，藍龍會不會追著我們的救生艇？

這樣可能會死得更快！

「瞳瞳、豆花、豆奶、豆腐，你們也準備下去，我去叫哥哥過來！」我說。

「好！」

我快速奔到船艙內，哥哥還在控制「孤貓號」。

「哥哥，我們準備好棄船，快走！」我拉著他。

但他還是緊緊握著船舵！

「哥哥！我們走了！」我再次大叫。

他回頭看著我，然後……微笑地流下眼淚。

「我會引藍龍繼續追我，你們快逃吧！」他說。

「不行！不是說過不能犧牲任何一隻人！」我憤怒地說。

「不可以！」

我從來沒聽過哥哥這麼大聲說話。

「我做貓時已經什麼都怕！」他的眼神非常堅定：「這次我要拿出我的勇氣，拯救我最重要的人！」

他的眼淚就像泉水一樣流下。

CHAPTER 08

新旅程

Journey

09

一直以來，最受歡迎的都是豆氏一家人，每次跟哥哥拍照，牠都會走開，只有工作室門外有一點聲音，又或是有朋友來到工作室，牠都會立即躲起來，全日都不見蹤影。

大家都在讚豆花、豆奶、豆腐很可愛，卻很少讚賞哥哥，不過，牠一直也不介意，因為我知道，這就是牠的性格。

我記得，有一次搬工作室，非常的嘈吵，哥哥卻在前面保護著豆花，膽小的牠，最後還是勇敢地站出來保存弱小。

沒有人比我更清楚，只要有危險，哥哥比任何貓更勇敢，比任何人……

更想保護身邊重視的人！

「孤！你快走！」哥哥大叫：「我不是犧牲自己，而是要**保**、**護**、**你**、**們**！」

我雙眼泛起了淚光，不知道還可以說什麼。

「走呀！」

哥哥用力把我推開！

「你要繼續幫我好好照顧妹妹！還有其他貓！」哥哥淚流滿面。

我緊握著拳頭。

瞳瞳在船尾大叫：「孤！哥哥！你們在做什麼？快來！藍龍快追上了！」

「再見！」

我沒有多半句說話，回頭就走！

同時，我的眼淚流下。

我跑回船尾，跟他們跳下了救生艇！

「哥哥呢？」豆豉問。

我沒有回答他，他們看著我的淚眼，臉色一沉，大概知道發生什麼事。

「嗚～～～～～」

「孤貓號」響起了鳴笛的聲音，同時在船上的燈全部亮著！

哥哥要吸引藍龍追他！

……

…

.

船艙內。

哥哥抹去眼淚，然後微笑著。

「對不起，沒好好跟大家說再見。」

他的心跳速度快得像心臟快要跳出來一樣。

藍龍已經來到「孤貓號」的船尾……

「希望死亡不要太痛，我很怕痛。」他微笑著自然自語。

藍龍張開了大嘴巴，露出了尖銳的牙齒……

「孤，大家……」

哥哥合上了眼睛。

「你們一定要好好生存下去！」

……

…

.

救生艇上。

我用力撐著救生艇，回頭看著已經離遠的「孤貓號」。

巨型藍龍張開了嘴巴，把整艘「孤貓號」吞下去！

把船吞下後，它潛入了水底，水面回復了平靜。

很靜，只餘下我跟豆豉划艇的聲音。

大家都知道，哥哥為了我們犧牲了自己，所以沒有人說話。

「別要辜負了哥哥的犧牲。」我抹去了眼淚：「我們一定要找出那個人！」

「沒錯！」豆豉也抹走眼淚：「我們一定可以！」

瞳瞳與豆花雙雙擁抱著。

我們一起看著前方的陸地，心中一點都不好受，不過，我們知道不能就這樣垂頭喪氣，因為還未到達我們的「目的地」。

「等等。」豆豉看暮四周的海面：「夕夕他們呢？」

「不見了！他們不見了！」瞳瞳大叫。

我們跟他們四個人……失散了。

……

…

．

同一時間。

「『孤貓號』整艘船都被吞下了！」妹妹說：「希望哥哥他們沒事！」

「爺爺他們的救生艇不見了！」豆腐說。

他們都非常驚慌。

「哥哥給我們的對講機也沒有帶上，沒法聯絡他們！」豆奶說。

「大家失冷靜！」夕夕說：「別要怕，我們都有同一個目的地，我們一定可以跟他們回合的！」

然後他打開了已經濕透的地圖。

「長洲贊端路十八號海盜灣！」

哥哥、豆花

CHAPTER
09

喪屍島

Zombie Island

CHAPTER 09 喪屍島

Zombie Island 01

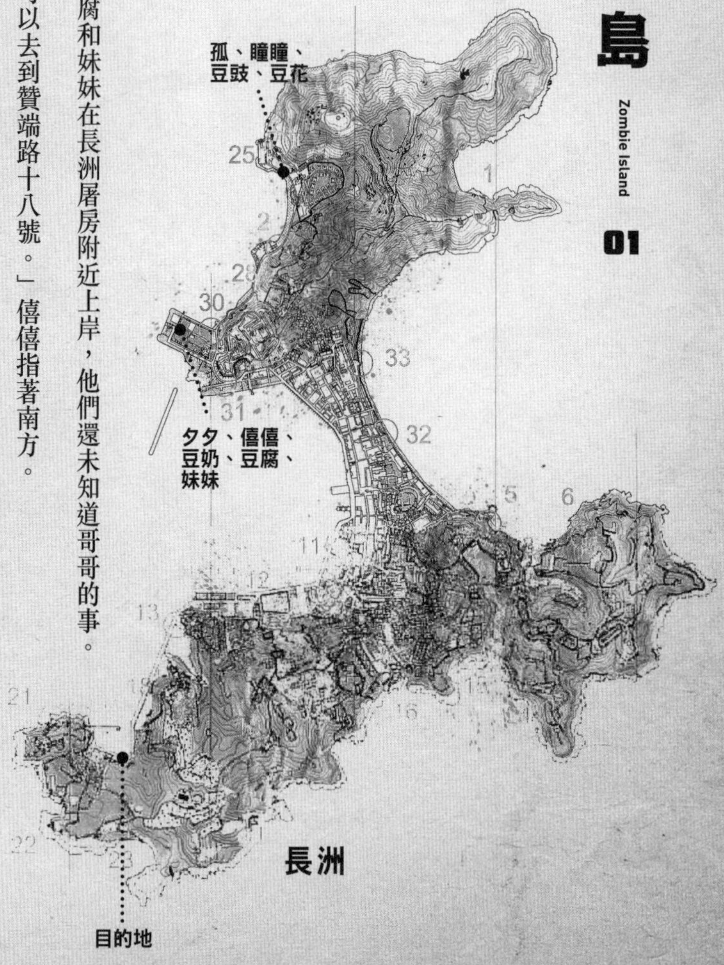

夕夕、僖僖、豆奶、豆腐和妹妹在長洲屠房附近上岸，他們還未知道哥哥的事。

「我們向南一直走，就可以去到贊端路十八號。」僖僖指著南方。

「我們從來未去過其他的島，不知道會遇上什麼怪物。」妹妹說：「希望早點跟他們會合。」

長洲是香港的旅遊景點，張保仔洞、北帝廟和長洲石刻等都是遊客必到的地方，可惜因為世界文明崩潰，這裡再不是什麼旅遊景點，甚至成為了變異種聚集的地區。

從「孤貓號」離開時很急，不過大家也拿走了自己的隨身武器，這是他們在這三年來學到的生存之道。

很快他們已經進入了作戰狀態。

「我先行，大家跟著我。」僖僖說。

「知道！」豆奶說。

這幾年僖僖曾跟豆花四處流浪，面對陌生的環境，她比較擅長。當然，身為保安隊隊長的夕夕也經常外出巡邏，他也是身經百戰。

他們從屠房旁邊開始向著南方進發，走了不久，已經看到了喪屍群，在它們的身體與臉上，都長滿了海洋微生物與水草，很明顯，它們是由海邊走到這裡。

「至少有五十隻，太多了！」豆腐輕聲說。

「豆奶，妳來引開它們。」夕夕指著她手上的手槍。

「好！」

豆奶舉起了手槍向著遠方的水龍頭發射，子彈打入了水龍頭噴出了水柱，喪屍群立即被聲音吸引，走離了前路。

「趁現在我們快走！」僖僖說。

他們一行五人快速離開！

正當他們以為成功離開之時，更多的喪屍從轉角衝向水龍頭的方向，再次擋著他們的去路！跟剛才的數目加起來，差不多有上百隻喪屍！

「為什麼會有這麼多喪屍？」豆奶急速停下來。

住在長洲的人口大約只有兩萬人，不過看著群體喪屍的數目，比例上都比其他地區的多。

為什麼會這樣？

只因三年前，世界崩潰、病毒散播的那天，正好長洲舉辦……太平清醮活動！

每年的太平清醮至少吸引六至七萬的遊客前來參與！比長洲人口多出三四倍！現在，長洲喪屍的密集程度，是全香港最高！

三年多後的長洲，現在可以叫作……**「喪屍島」**！

其中一隻喪屍看到他們！

然後衝向他們！其他的喪屍也跟著一起，奔向他們！

「快！門口！」僖僖指著長洲屠房的入口：「我們先躲入內，然後走另一路線，從天台越過天台離開！」

另一邊廂。

孤、瞳瞳、豆豉和豆花從大貴灣的海灘上岸，然後走入了大貴灣公園，他們都希望在目的地跟夕夕他們會合。

「經公園走會比較安全。」豆豉說：「至少可以躲在樹後。」

「我們先到那個涼亭休息吧，我有點累。」瞳瞳帶點氣喘地說。

孤看著他們兩公婆，心中在擔心著。

因為在「孤貓號」上走得太急，而且他沒想到會跟夕夕他們失散，現在出現了戰鬥力不足的問題。

豆豉、瞳瞳，還有他自己，不是擅長戰鬥的人，現在只有豆花手上有武器，他正擔心如果遇上了喪屍，會是很危險的事。

「爺爺你在想什麼？」豆花留意到孤。

「沒，沒有。」孤說：「花，如果有什麼危險出現，不選擇戰鬥，而是逃走。」

豆花看著父母的背影。

「沒問題！我明白，我會保護你們！」

CHAPTER 09

喪屍島

Zombie Island

02

孤他們在涼亭休息一會後，準備繼續南行。

就在他們起行不久，孤最擔心的事發生了：一大群喪屍在公園對出的長貴路上遊走！而且，他看到了飄色巡遊的小孩，被掛在支架上！

小孩已經被感染，這幾年，它一直被綁在支架上，沒有被放下來！他不能自控地在左搖右擺，血口猛張！

孤回憶起三年前：「那段時間正進行太平清醮！」

「什麼是太平清醮？」瞳瞳問。

「就是很多遊客參加的大型活動。」豆豉有看過有關的書：「這樣說，島上會有很多的喪屍！」

有一隻喪屍離開了喪屍群，正走向他們！

「我去對付它！」豆花說。

「等等！」

孤想叫停她，豆花卻比他更快，她一刀插入了喪屍的下巴！喪屍立即倒下！

「一隻喪屍我才不怕。」豆花自信地說。

突然！那隻喪屍在地上捉住豆花的腳！

「什麼？！」

明明軍刀已經插入喪屍的頭顱，喪屍卻沒有死去。長洲的喪屍跟香港島與九龍區的喪屍完全不同！

同一時間，喪屍發出了高頻的叫聲，它好像在……呼叫同伴一樣！

半百隻喪屍聽到聲音，立即向孤他們衝過來！

「快逃！」豆豉走向驚魂未定的豆花，用腳踏在喪屍的手臂。

它還是緊緊地捉住豆花！

「為什麼它沒有死去？」豆花蹲了下來，再次用刀插入它的頭顱。

喪屍繼續捉住她，完全沒有停下來！大批喪屍全速衝向他們！

「心臟！攻擊它們的心臟！」

突然在遠處傳來了一把聲音，明顯是用了大聲公說話。

瞳瞳立即搶去豆花手上的軍刀，從喪屍的背後插入它的心臟！喪屍立即停止，鬆開了捉住豆花的手！

「媽媽……」

正當大家沒想到瞳瞳會如此心狠手辣之時，她純熟地玩弄著軍刀說：「妳媽媽我，才沒有妳想像中那麼弱！」

「左面！桂濤花園 1A！」聲音再次出現。

「快！快逃！」孤扶起了豆花與瞳瞳。

他們四人向著聲音的方向狂奔，喪屍在後面緊緊地追著！

這把聲音……究竟是誰？

×××××××××

回到長洲居房。

夕夕他們已經逃進了屠房，屠房充滿臭味，那些三年前準備被劏開的豬與牛，已經只餘下骨頭，全部的肉已經被喪屍吃掉。

本來這些豬肉、牛肉最後也是被人類吃掉，不同的，現在是給人類變成的喪屍吃掉。

「這種腐屍的味道，應該是我聞過最臭的！」僖僖掩著鼻子說。

「有升降機！」豆腐走到升降機前：「還可以用！」

「我們還是走樓梯吧。」夕夕說。

僖僖、豆奶、豆腐和妹妹已經走入了升降機。

「怕什麼？喪屍也不懂按升降機掣吧！」豆腐說。

「哈，妳們真的是。」夕夕搖頭說：「好吧，我們上最高一層，然後走上天台。」

屠房最高是五樓，他們按下了「5」字直上五樓，升降機傳來了恐怖的機器磨擦噪音。

「很久沒坐過升降機了。」妹妹說：「我記得還是貓時，最討厭坐升降機，因為每次都是孤帶我去看醫生。」

「我很懷念那個時候。」豆奶說。

「我也是。」豆腐說。

她們兩姊妹選擇留在荃灣的工作室，都是因為想念還是貓時候的生活。

正當他們想繼續「懷念」從前，突然……

「叮！」

升降機來到了四樓，發出了開門的「叮」聲音！

升降機門……緩緩打開……

「為什麼門會打開？！」豆腐驚慌地說。

她想知道的答案已經在她眼前，有一隻喪屍聽到升降機的噪音，走到升降機前……按下了按鈕！

先不說喪屍為什麼會有按升降機掣的記憶，現在最大的問題，在四樓全層的喪屍也聞風而至！

僖僖用刀插入按掣的喪屍頸部，不過，它沒有停止下來！

「什麼？！」僖僖非常驚訝。

夕夕一腳把它踢開！

四樓全層的喪屍，從走廊快速跑向升降機！

「快關門！關門！關門！」豆腐不斷按著關門按鈕。

升降機門快要關上之際，剛才那隻喪屍爬到門前，用手擋在門的中間！

升降機門再次打開！

其他的喪屍準備衝入升降機！

桂濤花園1A。

有一條長梯連接到一樓的單位。

「快上來！」一個男人大叫。

他不是喪屍！

孤、曈曈、豆豉與豆花立即從長梯爬入單位！同一時間，那個男人收起了長梯。

孤覺得奇怪：「為什麼要收起？」

「它們懂得爬梯上來！」男人說。

孤看著這個大約三十歲的男人，他的左眼有一道長長的疤痕，看來他在這三年也吃了不少的苦頭。

妹她看著下方二三十隻喪屍想爬牆上來，可惜牆上非常滑，它們根本沒法爬上來。

「我倒了花生油在牆上，它們不可能爬上來。」男人說：「一個小時左右，它們知道沒東西吃，就會自動走開。」

「看來你也很熟它們的習性。」夕夕說。

「當然，你看我能夠生存下來就知道了吧，也許整個長洲就只有我一個活人了。」他伸出了手：「現在多了你們幾個活人，哈，你們好，我叫饅頭。」

饅頭是由貓變成人的備類。

「你好。」孤跟他握手，逐一介紹自己與其他人後問：「你一直住在這裡？」

「不，我以前住在荃灣，兩年前坐船過來了，本來以為長洲沒有喪屍，沒想到會比洲外面更多，而且也進化得更快。」饅頭說。

「進化得更快？」豆豉想起了那隻被插入心臟才停止的喪屍。

「我們從前也是住在荃灣！」豆花說。

「我也還未問你們為什麼會來長洲？」饅頭說：「不過看來你們來長洲的路程都不容易呢，好吧，先給你們吃的。」

他從木櫃拿出了東西，都是饅頭在長洲四處蒐集回來的食物。

豆花高興地大叫：「杯麵！」

「我就知道了，我們偤類都很喜歡吃人類的杯麵！」

「大家吃完就要起行了，不能耽誤太久。」瞳瞳說：「夕夕他們可能正在等我們。」

「你們來長洲有什麼目的？來跟我說說吧。」饅頭說。

孤簡單地說出前來的原因。

「原來如此！我在長洲住了兩年，也沒去過贊端路！」他說。

「其實……你為什麼會救我們？」瞳瞳問。

「因為……」他看著一張三人的相片：「在世界文明崩潰之初，我跟兩位奴才在天橋上被喪屍追殺，慶幸有人幫助我們逃出生天，所以我也希望可以幫助更多的人。」

「你兩位奴才呢？」豆花多口一問。

瞳瞳拍拍她的背，暗示她不應該問這個問題。

「死去了。」饅頭勉強一笑：「現在只餘下我一個。」

他們明白饅頭的感受，因為哥哥也為了拯救他們而死去。

「天橋？」孤忽然說出了這一句：「天橋左面有梯可以下去！」

饅頭整個人也呆了，他看著孤。

「不會吧……」

孤點點頭。

沒錯，在事件發生的最初，孤他們曾經向著下方的馬路大叫天橋有梯，饅頭三個人才能及時逃生。

饅頭的雙眼泛起了淚光。

孤曾經幫助過的人，在三年後的今天，反過來拯救了自己。

人類都喜歡說「有仇必報」，我們都生活在一個充滿仇恨的世界，不過，誰又會知道，你曾經幫助過的人，可能到某天，會反過來幫助你呢。

不只是幫助，甚至是……**拯救你**。

或者，命運早早已有主宰。

CHAPTER 09

喪屍島

Zombie Island

04

屠房升降機內。

「二家姐！」豆腐大叫。

喪屍準備衝入升降機，豆腐立即伸長長矛，跟豆奶一人一邊用力握著，擋著喪屍的胸前，不讓它們進入升降機！

夕夕立即攻擊在前排的喪屍，甚至把它們整條頸打斷，可惜，喪屍依然繼續向他們衝來！

「為什麼它們都不死？！」僖僖大叫。

僖僖把在地下爬行的喪屍頭顱跟身體分家，它……依然向前爬！

一直以來，他們都是攻擊喪屍頸以上的位置，把它們擊殺，但他們不知道在長洲上的喪屍已經進化！

妹妹也幫助攻擊前排的喪屍！

慶幸，喪屍不是從四面八方而來，只要封住升降機的門口，喪屍就不能進來，不過……

「豆腐！用力一點！」豆奶說。

「我已經很用力了！」豆腐說：「我們快……快撐不住了！」

因為喪屍愈來愈多，而且愈來愈重，兩姊妹已經快被壓下來！

「奶，小心！」

喪屍本想咬豆奶的手臂，夕夕一棍把它打開，喪屍沒有死去，立即又繼續張牙舞爪！

「我們試試叫人幫忙！」妹妹說。

「現在還有誰能幫我們？」信信繼續攻擊喪屍。

「不……不行了……」豆腐說：「它們……太重了……」

「吱～～～」

突然出現了一下對講機的高頻噪音！

「有沒有人！」妹妹按下了升降機的求救按鈕：「快來救救我們！」

瞬間，喪屍停止了動作！

「妹妹！再按一次！」夕夕大叫。

「是……是！」

她按下，再次發出了高頻的聲音！喪屍表情痛苦，他們才赫然發現喪屍害怕這些高頻聲！

僖僖、夕夕立即一起踢向不受控的喪群！喪屍開始退後！

豆奶與豆腐也不用再支撐著，一起把喪屍趕出升降機！

「快關門！」僖僖說。

妹妹立即按下了關門掣，門再次緩緩地關上。

在關上門的一刻，喪屍又想再衝向他們，不過這次門終於關上！最後他們只聽到了拍門的聲音，升降機上升到五樓，門再次打開。

很靜，什麼也沒有。

他們終於也逃過一劫。

「你們有沒有被咬到？」夕夕問。

大家也搖搖頭。

「還好妹妹想到求救，最後我們自己救自己了！」豆腐高興地抱著她。

「我也不知道呢。」妹妹說。

「你們還在笑，剛才我們差點全部變喪屍！」豆奶說。

「現在大家沒事就好。」僖僖說：「好吧，我們快走上天台！」

「大家還是要小心，可能還有其他的喪屍。」夕夕說。

他們一行五人終於走上了天台，俯瞰地面，除了水龍頭位置佈滿了喪屍，每條街道都有喪屍出現。

「選擇走上天台是正確的！」豆腐說。

「不過我們距離對面大廈很遠。」妹妹指著遠方。

「沒問題！」僖僖從她的大背包拿出麻繩與鐵勾：「還好在船上逃生時沒有忘記拿走我的背包。」

「我明白了。」夕夕說：「我們將麻繩掉過去對面大廈，然後再從這裡沿著麻繩爬過去。」

「不用爬。」僖僖指著天台上掛著在曬乾的制服。

「衣服？」妹妹問。

「不是衣服，是衣架！」僖僖說：「我們用衣架滑過去！」

「好主意！」

大家的臉上都出現了笑容，他們心中也知道，跟孤他們會合又再走前一步。
他們離開屠房，繼續向南方前進！

桂濤花園單位內。

饅頭說了很多有關長洲喪屍的事，只攻擊它們的頭顱不能讓它死去，還要再攻擊它們的心臟。換言之，就算喪屍的頭顱被斬去也好，它們依然可以活動。

這情況跟其他地方的喪屍不同，而且長洲喪屍還留有某部份人類的記憶，它們懂得閃避攻擊、會呼喚同類，甚至像在升降機那隻喪屍一樣，懂得按掣。

他還知道只要被喪屍咬到，才會變成喪屍，就算跟它們的血液接觸到，甚至被它們抓傷，也不會變成喪屍，這代表了，它們的牙齒與口腔才會帶有病毒。

孤跟他說出了自己曾經被喪屍咬到，然後被救回來的經歷，而且說出了喪屍與變異種的分別，只要有心跳，或者可以把變成變異種的人救回來。

「這樣……真的是一件好事嗎？」饅頭說。

他這一句反問，孤很錯愕，讓他在深思。

「我不會分什麼喪屍與變異種，我只知道它們是殺死我兩位奴才的兇手。」饅頭帶點悲傷。

「我明白你的感受。」孤說。

「也差不多了。」豆豉拍拍豆花的頭：「妳吃飽了嗎？」

「飽了！黑貓爸！」

「我們快走吧，跟妳兩個妹妹會合。」瞳瞳也拍拍她的頭。

他們拍她的頭，就如貓舔著毛一樣，代表了親密的關係。

無論孩子多大，父母都覺得孩子還是小朋友，無論是人類，還是猫類。

「饅頭，謝謝你的幫忙，我們要走了。」孤說。

「好吧！我們出發吧！」他站了起來。

「我們？」豆豉問。

「有我這個嚮導帶路會更好吧，而且我也想去贊端路看看！」饅頭說：「還有，你們想赤手空頭出發嗎？」

然後，他打開了一個櫃，放滿了各種各樣的武器。

「隨便拿走！」饅頭想了一想：「我還沒跟你們說，在長洲最可怕的不是喪屍……」

夕夕他們穿過一個又一個天台往前進，當沒有建築物在附近時，他們才會在地面走動。這次行程比他們想像中順利，天台也有少量喪屍，不過跟地面比較，根本不值一提。

在殺喪屍的過程中，他們終於知道除了攻擊頭顱，還要攻擊它們的心臟。

很快他們已經來到長洲滅火輪消防局，已經很接近目的地。因為附近已經沒有建築物，他們只能從長洲西堤道離開。

「看來很順利！」豆腐高興地說。

「別要掉以輕心，我流浪時也遇到太多突如其來的事。」信信說。

就在他們快步離開之時，消防局傳來了警報鐘聲！橫街大批喪屍出現！

「為什麼鐘突然響？！」夕夕非常擔心。

同一時間，消防局內也有大量喪屍衝了出來，把他們前後包抄！

從消防局衝過來的，都是穿上裝備與頭盔，全副武裝的「消防員喪屍」！

不用多久，消防員喪屍與夕夕他們已經短兵相接！

夕夕一棍敲在消防員喪屍的頭上，卻被它的黃色頭盔擋著，這次他們的對手……

已經不只是普通的喪屍！

CHAPTER 09 喪屍島 Zombie Island

06

他們跟消防員喪屍混戰，它們的速度比普通喪屍更快，同時，從橫街遠處飛奔過來的喪屍群也快到達！

豆奶一槍打中消防員喪屍的眉心，豆腐同時用長矛刺入喪屍心臟！從前只要一個人就可以對付一隻喪屍，現在要兩個人合作才可以把一隻喪屍殺死！

另一隻消防員喪屍從妹妹的後方攻擊，準備咬下她的肩膀！

信信及時從左側把刀刺入它的心臟，妹妹一刀插入喪屍的眼球！

夕夕不斷揮棍攻擊張牙舞爪的喪屍，可惜喪屍不斷出現，他根本沒法把它們全部殺死！這裡已經不宜久留！

「信信，給我哨子！」夕夕一面攻擊一面說。

「為什麼？」信信一刀劈斷喪屍的手臂。

「我來引開它們！」夕夕已經不等僖僖回答，一手搶過她背包掛著的哨子：「妳們四個趁機會逃走！」

沒有下一句，夕夕立即吹起了哨子：「白痴！我在這裡，快過來捉我！」

他繼續吹著，喪屍群被他吸引過去，瘋狂追著他！

當然，如果要說九隻孤貓跳得最高、跑得最快的，絕對是大佬夕！

他跑向了消防署，同時僖僖她們立即向反方向逃走！

夕夕才不是送死，他已經看準了他的「目標」，就是……消防車！

他跑到了消防車旁邊，然後打開了大水喉的水龍頭，用強大的水力把喪屍推開！

「去死吧！」

一面射出強力的水柱，一面走向消防車的門，他打開了消防車門，車廂內一隻屍喪撲向他！

情況非常危急，他一手把喪屍拉出車，然後走上消防車，正當他想開車之時，才發現沒有車匙，他

看著在不斷拍門的其中一隻喪屍，在他的身上掛著車匙！

「死就死吧！」

他再次打開車門，把喪屍撞開跌倒，夕夕在它的身上找尋車匙！其他的喪屍已經快速逼近！其中一隻喪屍想咬他，夕夕用水龍頭重擊它！

「找到了！」夕夕高興地大叫。

他立即回到車上，鎖上車門，喪屍不斷拍打玻璃窗！

「還好，哥哥教過我開車。」夕夕鬆了一口氣說：「好吧！回去救妹妹她們！」

他把車匙插入，消防車開動！

擋在前方的喪屍，被車輾過，發出了骨骼碎裂的聲音！

……

…

．

另一邊廂，因為夕夕把半數以上的喪屍引開，她們四個女生成功逃走，逃到了岸邊一所餐廳前。

「為什麼這裡的喪屍會這樣難對付？」豆腐在喘著氣。

「我覺得它們就像是『進化版』的喪屍！」豆奶抹去額上的汗水。

「如果真的會進化，我們香港島與九龍區的喪屍，也許很快會變得更難對付。」信信說。

「不知道夕夕現在如何？」妹妹擔心地說。

「不會有事的。」信信非常有信心：「夕夕雖然頭腦簡單，不過他才是我們之中最強的！」

就在信信說完後，一輛消防車從遠處駛向她們，夕夕把手伸出來跟她們揮手。

「是大佬夕！」豆奶高興地說。

「我都說他一定沒有事！」信信說。

「又有車坐了，又不用走路，太好了！」豆腐說。

「又要坐升降機，又要坐車，我們好像去旅行一樣。」妹妹笑說。

四個女生都在笑了。

正當她們開心之際……

也許，剛才跟喪屍戰鬥太混亂，連豆奶自己也不知道，她的小腿上……

有一個傷口……

一個……**被咬的傷口**。

CHAPTER 09

喪屍島

Zombie Island

07

長洲基督教墳場。

因為饅頭帶路，他們很快已經來到了基督教墳場，而且路上沒有遇上太多的喪屍。

「走過了墳場，再經過一個樹林，應該就快到你們的目的地。」饅頭說。

「還好有你帶路。」孤說。

此時，豆豉看著滿山的墳墓，每個墳墓上方還加建了十字架。

「老公，怎樣了？」瞳瞳說。

「如果真的有神，祂會幫助我們嗎？」豆豉帶點無奈地說：「無論信不信祂的人類，最後也變成喪屍了，那它們會上天堂還是下地獄？還是……現在已經是地獄？」

「我不相信有神，而且，也許人類都是罪有應得的。」饅頭說。

孤走到他的身邊，搭著他的膊頭：「豆爸，『我就是我自己的神，在我活的地方』。」

「五月天的《倔強》。」豆豉笑說。

孤喜歡的，無論是小說、漫畫，甚至音樂，豆豉同樣喜歡。

「不知道，哥哥會上天堂還是……」瞳瞳問。

「他什麼地方也不去，他住在我們的心中。」孤指著自己胸前。

豆豉與瞳瞳微笑了。

「爸爸、媽媽，你們聽到嗎？」豆花突然看著樹林的方向。

「花，發生什麼事？」孤問。

樹林的林木在搖動著。

「要來的終於來了，比喪屍更可怕的東西……」饅頭皺起眉頭：「大家快躺下來！」

「躺下來？為什麼要躺下來？」豆花問：「我們五個人可以一起對付它！」

「我們沒法對付它！快！」饅頭立即躺在地上：「我們要……扮死！」

「我們跟著做吧！」豆豉說。

他們四人同樣躺在地上，臉看著天空。

很靜，他們看著藍天白雲，只聽到風聲。

「為什麼我們要躺著？」豆花有點不滿。

「噓！」饅頭說：「別要說話，它會聽到的！」

「它」？

突然！在天空中有一個巨大的黑影飛過！

他們心中想，這是什麼鬼東西？

饅頭說沒法對付它的原因，就是這進化變異種會在天空中飛翔！

它不斷快速在天空上左右來回飛，直至它停在眾人的睇前！

它是……變異種烏蠅人！

它是一隻有兩個人一樣大的烏蠅，烏蠅的眼睛上有四個人類的頭顱，全身也長滿了毛，頭上的觸角呈羽毛狀，在它的胸部長出了三隻人類的手臂。

烏蠅人在拍打著一對鮮紅色的翅膀，停留在半空，看著一動也不動的他們。

豆花的汗水流下，心中想：「還好我在裝死。」

大約過了三十秒，變異種烏蠅人沒聽到聲音，從半空中飛走，再過了三十秒，豆豉才敢說話：「是不是……已經走了？」

「看來走了。」饅頭爬了起來，看著豆花：「我能夠生存到現在，不是因為我跟怪物戰鬥，而是我……懂得逃走。」

「我明白了。」豆花說：「我也不想跟那烏蠅怪物戰鬥！」

豆花一直在外流浪，其實跟饅頭的生活蠻像的，不過，豆花還有僖僖陪伴，她總是覺得可以用武力解決，今天她遇上饅頭，終於明白另一種生存方法。

「走吧！很快就會到目的地！」饅頭說。

他們一行人，繼續前進。

長洲贊端路。

夕夕駕駛著消防車，他們終於來到了贊端路。

「海盜灣！」僖僖指著前方一間門牌寫著「Pirate Bay」的餐廳。

「原來海盜灣是餐廳的名字。」僖僖把消防車泊到餐廳門前：「我們找個安全的地方等孤他們。」

此時，在後坐的豆奶感到有點不妥。

「豆腐……我好像……好像……」豆奶的表情痛苦。

「二家姐，妳怎樣了？」豆腐問：「我們下車吧！」

豆腐看著表情古怪的豆奶，她的瞳孔，開始變色……

CHAPTER 09

喪屍島

Zombie Island

08

豆奶的眼白開始變成鮮紅色，瞳孔變成黃色！

她立即把豆腐推開：「別過來！」

「二家姐！」豆腐看到了豆奶左腳上的傷痕，蹲下來說：「給我看看。」

「不要！」

豆奶反抗，不過豆腐還是抱起她的小腿。

「妳們兩個呀，別要經常吵架好嗎？」在前排的僖僖說。

「她們三姊妹就是吵架才熱鬧呢。」妹妹說。

「阿奶被喪屍咬到了！」豆腐大叫。

夕夕、僖僖、妹妹立即回頭看！

「妳……妳們……快走！快走！」豆奶也意識到自己被咬。

「不要，二家姐我……」

豆腐還未說完，豆奶再次把她推開，她不想連累自己的妹妹！雖然她們經常吵架，但其實感情很好。

「大佬夕！你……你叫大家快點離開車廂！我……我……開始控制……控制不到自己！」豆奶表情非常痛苦。

夕夕想了一想：「豆腐，我們先下車吧！」

「不行！我不能掉下阿奶！」

夕夕、僖僖、妹妹已下了車。

「我不走！阿奶沒事的！FIP腹膜炎也好回來了……」豆腐還是不肯走。

此時，豆奶想咬豆腐，妹妹與僖僖把她拉著！

夕夕把豆腐硬拉下車，然後夕夕與僖僖立即關上車門！

「二家姐！二家姐！」豆腐拍打著車門。

夕夕捉住她的雙肩：「豆腐妳聽著！聽著！孤也可以變回人類，豆奶也可以，只要等阮博士研發到疫苗就可以救她！」

「但……」

「沒錯！暫時把豆奶關在車廂，不讓她四處走，之後我們再回來帶她回去！」妹妹說。

「但只有二家姐一個人留在車廂，她會很痛苦的！」豆腐的眼淚流下。

車廂內，豆奶輕輕拍打玻璃。

大家也看著車內的她。

豆奶在玻璃上霞氣，然後慢慢地在玻璃上寫著……

「**3 SISTERS**❤」。

三姊妹。

豆奶也流下了眼淚，然後做了一個口型：「快走吧。」

之後她已經沒法控制自己，在車廂內痛苦地掙扎！就如當她六個月大時一樣，痛苦掙扎。因為當時豆奶患上了FIP腹膜炎，為了醫療她，一共打了一百多針，每天都要打針，每天都在掙扎！

「奶！奶呀！」豆腐不想離開，卻被夕夕與信信拉走。

「我要留下來！我要……」

「啪！」

豆腐還未說完，僖僖一巴掌打在她的臉上。

「別要大叫大喊好嗎？這樣會吸引更多的喪屍！」僖僖泛起了淚光：「別忘記，豆奶是我們九個之中最堅強的！我們會回來救她！」

豆腐終於肯靜下來。

她想起了小時候，明明醫生說必死的腹膜炎，豆奶也能死裡逃生，現在，她一樣可以！

「對不起，我……我知道了。」豆腐強忍著眼淚。

成長。

或者，人類的成長，都會遇上很多痛苦，有太多事情我們沒有掌握，我們只能努力地生活下去，直至一天明白，這個有快樂、有痛苦的過程，叫做……「成長」。

豆腐回頭看著消防車。

「二二家姐，妳要等我！」

CHAPTER 09

喪屍島

Zombie Island

09

長洲家樂徑。

「看地圖前面轉彎就到了。」豆豉說。

「希望夕夕他們已經到達，而且我兩個妹妹平安。」豆花說。

不知道是否同胞出生，豆花內心有點心緒不寧。

「孤，我們要怎樣告訴妹妹，哥哥已經……」瞳瞳問。

「直接跟她說。」孤神情凝重地說：「哥哥為了我們，偉大地犧牲了自己。」

「老實說，我很羨慕你們，還可以一起在這個時代生存下去。」饅頭說：「奴才與主子。」

「完成這次的任務後，你跟我們回去吧。」瞳瞳說：「我們一起生活，甚至生存。」

饅頭看著她，有一份感動的感覺。

「那……那聲音……」豆花看著一棟建築物：「是快速拍翼的聲音！」

跟剛才在墓地聽到的一樣！

就在豆花說話同時，建築物的玻璃爆開，變異種烏蠅人快速向他們飛過來！

它胸前三隻人類的手臂，五指長出了長長的指甲，攻擊眾人！

「噹！」

豆花用軍刀擋下，因為力道太大，她整個人被撞飛！烏蠅人再次回頭攻擊！

豆豉立即撲向豆花，把她抱走，烏蠅人攻擊落空！

「爸爸！」豆花看著已經脫下眼鏡的豆豉。

豆豉把她放開，下一秒，他快速向烏蠅人展開攻擊，瞬間拔出在饅頭家拿來的雙刀！

烏蠅人也不甘示弱，雙手的長甲也刺向豆豉！

豆豉立即跳起躲開，而且跳的高度非常高，他在烏蠅人的上方，雙刀刃從它的上方插入！烏蠅人從高空墮下！

來不及反應，豆豉已經在半秒時間把烏蠅人的三隻手臂切斷！然後在它的頭上插入一刀，把它釘死在地上！

孤呆了一樣看著豆豉，他還以為豆豉只會看書，沒想到他會這樣強！不過他回心一想，豆豉還是貓的時候，也是跳得很高，速度也很快！

「傷害我家人的，都沒有好下場。」豆豉帥氣地回頭看著那隻烏蠅人說。

「爸爸！」豆花高興地擁抱著豆豉：「原來你這樣厲害！」

「你的刀法是從那裡學來的？」孤好奇問。

「我一直也有研究使用雙刀。」豆豉想了一想：「《One Piece》的卓洛、《刀劍神域》的桐人、《進擊的巨人》的兵長，當然卓洛是三刀流的，但我沒法用口咬著刀，沒辦法了。」

孤在大笑，高興地大笑，他沒有想到，豆豉真的可以從日本漫畫中學會「刀法」。

「小心！」

就在大家鬆懈之時，還未死去的烏蠅人噴出了像釘一樣的東西，幸好被瞳瞳發現，她旋轉手上的長棒，把釘全部擋下！

烏蠅人再次爬起，不過，瞳瞳已經快步走向它，一棍插入它的身體，流出了綠色的液體！

烏蠅人已經奄奄一息。

除了豆豉，瞳瞳的能力也不可少看！孤最初擔心的事，根本就是多餘。

「媽媽也很厲害！」豆花說。

「我也完全想不到呢。」孤笑著說。

「我沒跟你說嗎？豆腐用的矛，都是由我教她的。」瞳瞳自信地說：「你從前經常叫我肥瞳肥瞳的，你真的好意思這樣叫，哼！」

「好吧好吧，我收回這句話。」孤笑說。

「沒想到竟然有人可以打敗蠅人！」饅頭看著躺在地上的它：「你們也太誇張了。」

此時，他發現烏蠅人身體上好像出現了什麼變化……

一隻正常體積的烏蠅，從它的身體飛出來……

CHAPTER 09

喪屍島

Zombie Island

10

不，不是一隻，而是……數千數萬隻！

變異種烏蠅人分裂，全身的爛肉溶化，變成成千上萬的烏蠅！

「大家快逃！」

如果只是一個「個體」，他們還有方法對付，現在變成了細小的烏蠅，他們反而沒法對付！

他們全速奔跑，大群烏蠅緊隨著他們，每隻烏蠅就像有自己思想一樣，想轉進他們的身體之內！就像寄生蟲一樣，找新的載體！

海盜灣餐廳就在他們的眼前，不過恐怕烏蠅已經追上他們！

「你們先進去！」饅頭一面跑一面用火點起脫下來的T恤。

他揮動燒著的T恤，驅散烏蠅！用火的確有用，烏蠅不敢飛近他！

「火機！」孤大叫。

饅頭把火機掉給他，孤立即點著在路上大堆的紙皮箱，火勢立即擴大，他們躲在紙皮箱後，烏蠅不敢飛過來！

不過，他們卻吸引了在附近的喪屍，喪屍從四面八方飛奔過來！

他們開始跟喪屍戰鬥，數量愈來愈多，就算豆豉瞳瞳兩公婆有多厲害，也敵不過喪屍的數量！

「太多了！沒法一一對付！」瞳瞳說。

他們已經被包圍！

孤看著不遠處的「Pirate Bay」門牌，他沒想到，只差一步就可以到達這次的目的地，現在卻只能止步於此！

「孤！！！」

就在他感覺到絕望之時，一把聲音從海盜灣餐廳對面的屋子傳來！

同時，子彈打在一隻在孤眼前的喪屍額頭之上！孤立即在它的心臟加上一刀！

他看著子彈飛來的方向！

夕夕、僖僖、妹妹，還有豆腐從遠處跑來支援！

「快躲到那屋子！」夕夕大叫：「我們一起向後退！」

他們一行九人奮力跟喪屍戰鬥，同時逐步後退到屋內。

「快進去！」僖僖說。

全部人走入了屋，夕夕用力地關上了大門！其他人在房內找到東西擋著大門！

「我們比你們更早來到了。」夕夕說：「我就知道你們會來這裡！」

「還好你們趕來了。」孤抱著夕夕：「不然我們只能死在外面。」

他們終於成功會合。

此時，瞳瞳與豆花已經發現不見了豆奶，而妹妹也發現了哥哥不在。

他們開始交代在大家發生的事，還介紹了饅頭。

當大家聽到哥哥的死訊，還有豆奶變成了變異種的事，都非常痛苦與傷感，尤其是瞳瞳與妹妹，

她們不想相信這是事實。

瞳瞳當然很想到消防車去看豆奶，不過，她知道現在不是時候。

他們在屋內稍作休息，等到晚上，烏蠅與喪屍群離開後，他們才到對面的海盜灣餐廳。

屋內還有一些過期的罐頭食物，不過大家也不介意，一起吃著。

孤跟夕夕在窗前，微微揭開窗簾布，看著對面的海盜灣餐廳。

「孤，你覺得答案就在那餐廳嗎？」夕夕問。

「我也不知道。」他帶點傷感：「現在哥哥死去，豆奶又出事，我也不知道來這裡找答案是不是正確的事。」

夕夕拍拍他的肩膀，鼓勵他。

「你不覺得嗎？一直發生的事，好像早有安排似的。」孤說。

「未來人。」豆豉安慰完瞳瞳與豆花，也走了過來：「就好像未來人在準備給我們的經歷。」

「對，有些事，好像冥冥中早已注定。」孤說。

世界為什麼崩潰？又如何回復？

這些問題的答案，可能就在這次的目的地之中。

他們再次看著窗外的海盜灣餐廳。

看著他們唯一的……**「希望」**。

世界末日還有貓
02

Human civilization
ends,
cat
civilization
begins.

CHAPTER 10

2695 T.S.N.F

CHAPTER 10
2695 T.S.N.F 01

《第一次世界大戰編年史》中刊登了一張一九一七年的舊日本報紙剪報，內容是一名記者問日本士兵對這次戰爭有什麼看法，士兵說：「大日本帝國絕對可以在第一次世界大戰中勝出」，而當時還未在第二次世界大戰，所以不會用「第一次世界大戰」來形容此次戰鬥。

他們懷疑此士兵預知了未來，甚至是曾經有過時空旅程。

一九五零年，一名叫約翰．芬茲（Jojn Fentz）的日本混血男子在紐約時代廣場因為車禍喪生，當時他身穿十九世紀的服裝，身上還有一封一八七六年的信。在他過世後，警方發現約翰．芬茲這名字在一八七六年的登記失蹤名單之上，而在一九五零年車禍中的他，當時完全沒有老化的現象，在車禍三天，他的屍體在停屍間失蹤，懷疑被偷走。

一九五四年，一位名為光湧太郎，懂得塞語與日文的男人，到達東京國際機場要入境，他拿著一本來自克羅地亞（Croatia）的護照入境，但克羅地亞在一九九一年才正式獨立。當局把光湧太郎拘留，在第二天，他在旅館中人間蒸發。

二零零零年，名為約翰‧提托（John Titor）的人活躍在網路留言區，他自稱是來自二零三六年的時間旅人，他說回到過去是為了取得一台一九七零年的IBM 5100攜帶式電腦。IBM 5100攜帶型電腦是第一代可攜式電腦的原型，約翰‧提托稱用此電腦的古老原始程式碼解決未來的電腦問題。

二零零三年，華爾街一位名為安德魯‧約翰尼（Andrew Johnny）的日本交易員，進行一百二十八次的高風險股票投資，僅在兩周內，利用數百美元本金獲利三億五千萬，在一則新聞訪問中，安德魯‧約翰尼笑說自己是從二三五六年的東京穿越到來，他已經預知未來的股市走向。

二零零八年，一名叫中本聰（Satoshi Nakamoto）的人，在Metzdowd網站的「密碼學」郵寄清單中發表了一篇論文，題為《比特幣：一種對等式的電子現金系統》，論文中詳細描述了如何建立一套去中心化的電子交易體系。二零一零年五月，比特幣首次獲得使用，用戶以一萬個比特幣，購買了兩塊價值二十五美元的薄餅，當時比特幣價值為0.0025美元。

二零二二年，比特幣最高價格為六萬八千元，十多年後來上升幅度是27,200,000%，有人說中本聰的區塊鏈是未來人的概念，他是由未來到來的人，不過此人在後來銷聲匿跡，從此消失。

以上種種發生的事都說明了「未來人」的存在。

而且「他們」還懂得用一些「虛假」預測未來的方法，讓人們找出他們的錯處、不合邏輯與未來沒有發生的事，然後，讓人們推返他們是「未來人」的說法，使「他們」的出現變得疑幻似真。

但有一個有趣的共通點，「他們」都跟「日本」這兩字扯上了關係，時間旅人約翰•提托也沒有說明自己的國籍，這會不會代表了……

所說的「他們」，其實是……「他」？

都是……同、一、個、人？

CHAPTER 10

2695 T.S.N.F 02

晚上，長洲贊端路。

行人路已經沒有喪屍，那些該死的烏蠅沒有再出現。

我看著大家也很累，妹妹替大家治療傷勢，慶幸，大家的傷也不算太嚴重。

不能再拖，我想早點完成我們的目的，然後離開這個他媽的「喪屍島」。

「孤，我想跟豆花、豆腐去看看豆奶。」瞳瞳說。

「沒問題，現在應該可以了。」我擁抱著她：「沒事的，瞳瞳，我可以變回正常人，阿奶也可以。」

「我知道。」瞳瞳看著兩個女兒：「如果現在我不堅強地面對，她們都會崩潰。」

「看來妳已經長大了。」我笑說。

「在我誕下她們三個時，已經長大了。」瞳瞳莞爾。

的確，瞳瞳從前很任性，但當她生了三個女以後，很照顧她們，當時三姊妹大叫大喊，她就會餵奶，沒有一秒遲疑。

「孤，差不多了。」夕夕說。

「好。」

瞳瞳、豆花、豆腐去消防車找豆奶，妹妹的情緒還未平復，僖僖決定留下陪伴她，我、夕夕、豆豉，還有饅頭，我們四人去對面的海盜灣餐廳。

我跟豆豉討論過，其實很明顯，我們是得到「某人」的提示才會來到這裡，如果說是巧合，我更覺得好像是一場「安排」。

希望，可以找到那一個給我們「提示」的人。

或者，所有的答案都會解開。

我寫書這麼多年，也很喜歡讓讀者解謎，一直追下去的感覺，揭開一頁又一頁，直至最後得到了答案，那感覺一定很特別。

希望，這次我也可以解開謎底。

我們四個男人走出門，豆豉跟瞳瞳與三個女擁抱。

「妳們要小心。」豆豉說。

「你也是。」瞳瞳說。

「饅頭，其實你不用跟我們去也可以。」我說。

「沒問題！我也想像你們一樣團結互相幫助！」他說：「我也是你們一分子！」

我看著他微笑。

「發生什麼事就大叫吧，我很快會過來幫忙。」僖僖說。

「好的。」我拍拍僖僖的頭。

妹妹吻在夕夕的臉上。

「又不是什麼離別，我們很快回來的！」夕夕鼓勵大家：「走吧！」

我們四人先了解四處的情況，沒有什麼異樣，立即快步走到海盜灣餐廳門前。

「Pirate Bay」的門牌就在我們的頭上。

「其實……你們不覺得奇怪嗎？我們在餐廳跟喪屍戰鬥時，也很嘈吵吧，如果這裡真的有人，應該會走出來看看。」饅頭說。

「或者，那個人有什麼不能出來的理由呢。」豆豉猜測。

「別想太多了，進去就知道了！」夕夕說。

「走吧！」

我們四人一起走了餐廳，餐廳的門沒有鎖，內部非常昏暗。

饅頭在牆上打開了燈掣，全餐廳亮起了燈：「長洲部份地方還是有電供應的。」

餐廳環境很整齊，反而顯得很奇怪：這裡沒有被喪屍入侵過？還是有人整理過？在這個崩潰的世界，已經很少看到桌上的刀叉用具放得這樣整齊。

店面全都用湖水藍色的桌布，牆上也掛著不少有關海洋的圖畫，還有大量的漫畫書，全部都井井有條，如果在這裡進餐，甚至不會覺得世界已經崩潰。

「這裡有兩層樓，我們先到廚房看看。」夕夕說。

我們走入了餐廳的廚房。

「這是……這是什麼東西？！」

CHAPTER 10

2695 T.S.N.F 03

餐廳依然是非常乾淨，一塵不染，不過在餐廳的中央，放著一個古怪的立體，立體在半空飄浮，大約有一個正常男人的高度，在立體的鏡面表面發出了紫光。

豆豉走近立體。

「你要小心，可能會爆炸！」饅頭說。

「不，這不是炸彈……」豆豉看著它說：「這是一個幾何圖形，凸正多面體，又稱為柏拉圖立體，這個有多面的應該是正十二面體，由十二個正五邊形組成的三維正多胞形。」

鏡面的正十二面體上，刻上了一些數字。

「這是費波納契數列（Successione di Fibonacci）！為什麼會刻在上面？」豆豉問。

「你應該問這東西為什麼會放在這裡。」夕夕伸手捉摸立體，鏡面非常滑。

「這究竟是什麼東西？」饅頭問。

「這東西會不會不是地球上的物質？」孤提出。

他們幾個一起看著他。

夕夕想把它移開，不過立體一動也不動：「不行，明明就是浮在半空，卻好像釘在地上一樣。」

「暫時不理它吧，這立體不是我們的目的，不過……」孤看著二樓的樓梯：「突然出現這古怪的東西，這代表了，我們沒有來錯地方。」

一直以來，孤內心都在掙扎，犧牲了哥哥，豆奶又變成了變異體，究竟他們真的是值得來這裡？

看來，這趟旅程是值得的。

他們一起走上二樓，孤在樓梯叫著：「請問有沒有人？」

沒有反應。

「我們來了！」豆豉說：「是你讓我們依照你的提示來找你的嗎？我們都來了！」

還是沒有回應。

二樓用上了柔和的燈光，比一樓餐廳更高格調，不過，依然是沒有任何人出現。

他們在二樓搜索，走廊、洗手間、雜物房等等，還是找不到任何人。

「為什麼會這樣？明明引導我們來這個地方，卻不出現？」孤在猜疑。

「會不會時間不對？就好像去朋友家玩，然後朋友出門了。」夕夕說。

「我們在這裡等待？」豆豉看著我。

「現在唯一的線索是那個立體，我們先回一樓看看。」孤說：「我們再研究一下鏡面上刻上的文字。」

「好。」

「大家……過來看看！」

此時，饅頭在洗手間門外看著洗手間。

「有什麼發現嗎？」夕夕立即走過去。

饅頭看著鏡子中的自己，他看到了……另一個人的樣子！

「為什麼……會這樣？」

同一時間，餐廳二樓的落地玻璃爆破！有東西從外面衝入來！

他們呆了一樣看著……它！

一個赤裸全身，瘦得像只有骨，而且滿身水泡的變異體男人，從餐廳二樓的玻璃衝入來！如果有密集恐懼症，看到他全身的水泡會直接嘔吐！

「死。」

不知道有沒有聽錯，它竟然在說話！它絕對是S級的「特化變異種」！

他用肉眼看不清的速度，一手插入饅頭的胸口！

把他……

整個心臟抽了出來！

CHAPTER 10

2695 T.S.N.F 04

「饅頭！」

太過突然，孤、夕夕和豆豉根本來不切阻止！

「夕！」豆豉拔出了雙刀，二話不說攻向特化變異種瘦骨人！

「來！」夕夕也跟在豆豉後方。

兩人同時攻向它！

夕夕一棍揮向瘦骨人，它不花力氣一手接著，同一時間，豆豉已經走到它的背後，一刀插入它的心臟！

「嘿，白痴，我只是引開你的注意！」夕夕奸笑。

可惜，他們的計劃沒有成功，瘦骨人把插入自己身體的刀折斷，然後一手拿著斷刀刺向夕夕！

夕夕立即回避！他轉身，然後在棒球棍的手柄上打開了鎖，球棍的外殼脫落，出現了一把鋒利的劍！

這是他的秘密武器！

夕夕一劍斬斷瘦骨人的左臂，而豆豉從後方斬去它的右臂！

「孤！」豆豉大叫。

「來！」

在瘦骨人還未有反應之際，孤把手上的鐵支插入了它的頭顱！瘦骨人失去平衡後退！

夕夕與豆豉合作，絕對是最佳的組合，還要加上孤，更加是最強組合！

「去看看饅頭！」孤說。

「等等！」豆豉看著瘦骨人。

不是破壞它的腦部與心臟就可以把它解決？而且雙手也被斬斷了，它還可以怎樣作出攻擊？

「它的身體……」夕夕的汗水流下。

它全身出現了黑煙，發出了刺耳的叫聲，身上的水泡全部爆開，膿與血水從他全身流出！他們從來也沒看過這麼噁心的畫面！

「死！」

血水與爛肉被黑煙籠罩著，讓它的雙手快速重生！

「我們再上……」

「擦！」

豆豉還沒說完，他已經感覺頸部一涼。瘦骨人重生的手臂跟刀鋒駁在一起，割破了豆豉的喉嚨！

「右。」

瘦骨人手起刀落，把豆豉整隻右手手臂斬斷！

「豆豉！」夕夕大叫衝向瘦骨人。

瘦骨人看了他一眼。

「左。」

夕夕本想舉劍斬下它，可惜，他舉劍的左手被它斬斷了！不到半秒，他斷了的手臂還未落地，瘦骨人的手刀已經貫穿了他的胸口！

夕夕與豆豉跟瘦骨人不同，他們……沒法重生！

整套攻擊動作用了四秒？三秒？兩秒？

實在太快，孤完全反應不及，只能看著夕夕與豆豉倒下！

他的汗水還未滴落地上，瘦骨人已經來到他的面前！他們的距離不到三厘米，他近距離看著整塊臉水炮都爆開的瘦骨人！

瘦骨人的手刀刀尖已經抵在他的下巴！

很靜，空氣就像停止了一樣。

現在，除了孤以外，其他三個人已經……

快、速、被、殺、死！

瘦骨人看著發呆的孤。

「要、死、嗎？」它說。

「呀呀呀呀呀！」

看著夕夕與豆豉慘死，孤根本不會回答它，他不理會頸下的手刀，用手上的鐵支從右至左插入了瘦骨人的太陽穴！

瘦骨人沒有任何動作。

孤把它殺了？

「擦！」

才沒有，瘦骨人的手刀從下巴直接向上刺穿了孤的頭顱！同一時間，它另一隻手的手刀把他的頭顱……

整、個、切、下！

孤的頭顱滾到洗手間門前，然後被另一個人一腳踏著！

「第一千七百九十九次。」他說：「我應該先虐待一下你才殺你，現在一點都不好玩呢。」

一個金髮男人對著孤的頭顱說。

「他」……就是饅頭在鏡子中看到的……

「那個人」。

CHAPTER 10
2695 T.S.N.F 05

三十分鐘後。

在餐廳對面屋子內的妹妹與僖僖……

被分成「兩半」。

一個被左右分成兩半，而另一個上下被分成兩半，死狀非常恐怖。

在消防車附近。

變成變異種的豆奶被放了出來，她正在吃著一個被殺的人……

她的媽媽，瞳瞳的內臟。

而豆花與豆腐，擁抱在一起。

她們都被一支鐵支穿在一起，貫穿了心臟。

從她們的表情看得出，她們死前的痛苦與恐慌。

瘦骨人呆呆地站著，就像機械人拔掉了電源一樣，完全停止。

「那個男人」蹲了下來，看著豆奶吃著自己的媽媽。

「全都死了，只餘下妳。」他跟已經失去理智的豆奶說：「我不會殺妳，也許妳現在變成這樣，比死去更慘，哈！」

「他」沒有說錯，豆奶一面撕開瞳瞳的身體，一面……流下眼淚。

她完全沒法控制自己。

沒法阻止自己吃下深愛的媽媽。

「下一步呢？」金髮的男人撥一撥自己的頭髮：「應該是到那些噁心的難民營吧，然後把全部人殺死！」

「他」是一個完美主義者，餐廳的用具與擺設井井有條，都是「他」的所為，對於「他」來說，人類、與備類的難民營，都只不過是養豬的豬圈。

「瘦骨人，走吧。」他帥氣地做了個手勢：「我們就來一場更很好玩的……**屠、殺、遊、戲！**

嘰嘰！」

……

…

.

三天後。

荃灣W212大廈難民營、灣仔會展難民營、中央圖書館難民營，這三大難民營……

屍橫遍野。

無論是保衛家園的人，還是老弱婦孺，通通都死在「他」與特化變異種手上。

在中央圖書館難民營對出的空地，豆沙、豆苗、雪花、Elsa等等，無論是人類又或是借類的小孩，通通已經被虐殺，屍體都被當成了「他」的戰利品，倒吊在外牆上。

「他」坐在一張大班椅上，欣賞著眼前的「美景」。

「我跟你同歸於盡！！！」阿炭大叫。

從地下水道搬來的阿炭，全身裝滿了炸藥，衝向了「他」！

可惜，滿身傷痕的阿炭速度太慢，一隻全身黑色液體的特化變異種擋在他的面前！

它一手捉住阿炭的頸，用力一扯！

下一秒，阿炭只餘下了頭以下的身體，頸部猛烈噴出鮮紅的血水！

這隻黑色液體特化變異種，就是孤在博物館遇上的那個！

「真諷刺，一個被我斬首而死，另一個卻幫我斬下別人的首級。」他冷冷一笑。

「你……為什麼要這……這樣做……」

此時，奄奄一息的保安隊成員發仔，在地上爬向「他」。

發仔的口吻，好像認識這個男人。

「為什麼？很簡單，我創辦難民營的目的就是把所有人類與貓類集中在一起。」他說。

「他」……創辦難民營？！

「你……」

發仔已經不能說下去，因為「他」一踏踩在發仔的頸上，發仔的頸骨立即折斷，當場死亡！

沒錯，這個金髮男人，他就是世界文明崩潰後，創辦難民營的人！

阿橋！

尚帝橋！

孤跟九隻孤貓的冒險故事，在此畫上了句號。

他們沒法拯救世界，而且死得非常慘烈。

邪不能勝正？

但現實的世界，大部份都是「好人」都被打敗，甚至被殺死，而那些「邪惡的人」，反而可以繼續生活下去……

生存下去。

或者，不是每一個故事，都有一個 Happy Ending。

包括了，孤所寫的故事。

世界末日還有貓
02

the end

全文完

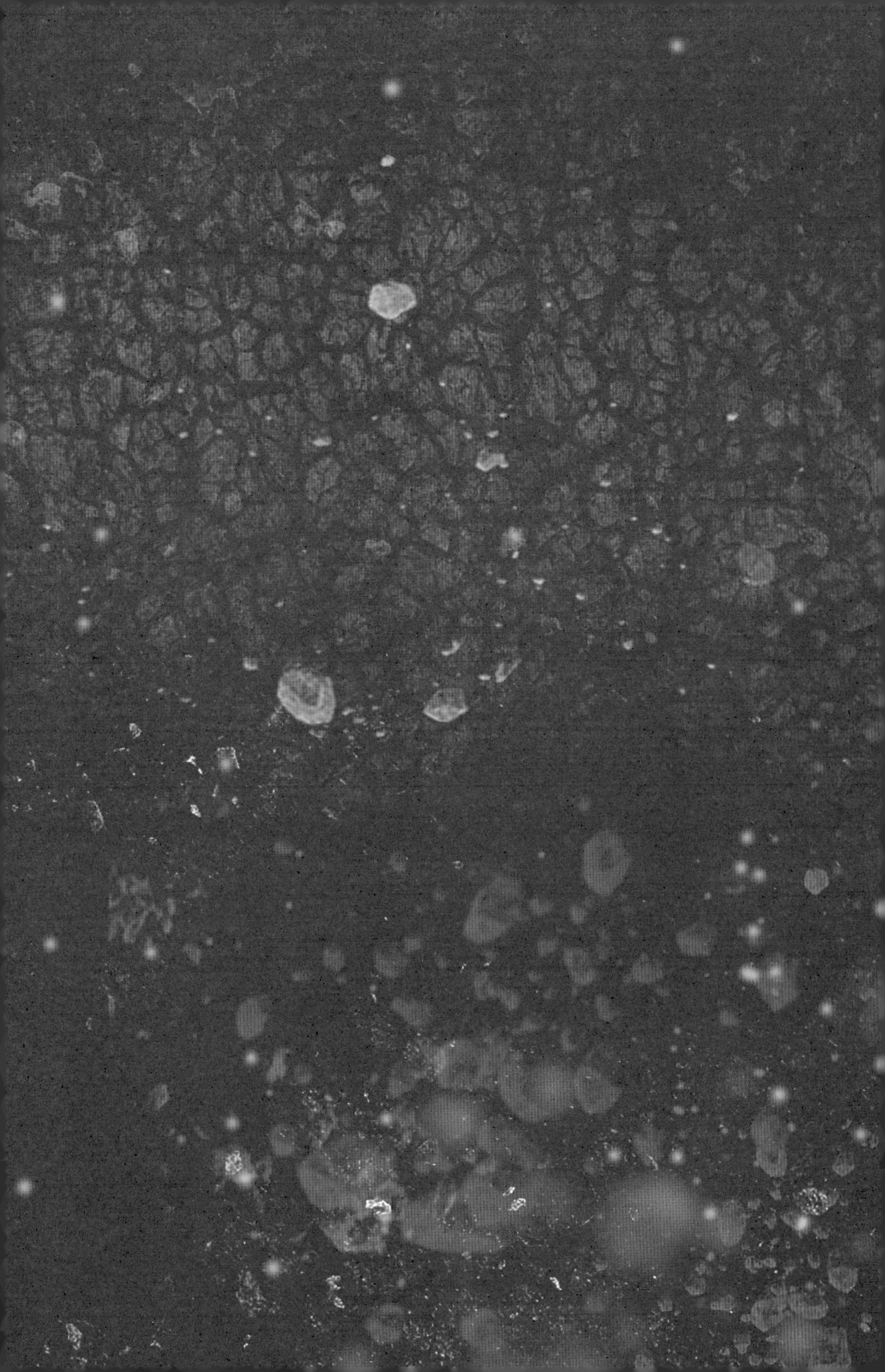

孤跟九隻孤貓的冒險

真的結束了？

CHAPTER 10

2695 T.S.N.F

@#$!@#!#）!#）！(!!@）#）!!）!E#^（）@!!@_#$%

第一千九百三十四次。

孤、夕夕、豆豉和饅頭四人先了解四處的情況，沒有什麼異樣，立即快步走到海盜灣餐廳門前。

「Pirate Bay」的門牌就在他們的頭上。

「其實……你們不覺得奇怪嗎？我們在餐廳跟喪屍戰鬥時，也很嘈吵吧，如果這裡真的有人，應該會走出來看看。」饅頭說。

「或者，那個人有什麼不能出來的理由呢。」豆豉猜測。

「別想太多了，進去就知道了！」夕夕說。

「走吧！」

他們四人一起走了餐廳，餐廳的門沒有鎖，內部非常昏暗。

他們走入了廚房，在廚房的地上放著一個古怪的立體，立體在半空飄浮，大約有一個正常男人的高度，鏡面發出了紫光。

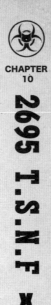

「這是費波納契數列（Successione di Fibonacci）！為什麼會刻在上面？」豆豉問。

「你應該問這東西為什麼會放在這裡。」夕夕伸手捉摸立體，鏡面非常滑。

「這究竟是什麼東西？」饅頭問。

「這東西會不會不是地球上的物質？」孤提出。

他們幾個一起看著他。

然後，他們一起走上二樓，孤在樓梯叫著：「請問有沒有人？」

沒有反應。

「我們來了！」豆豉說：「是你讓我們依照你的提示來找你的嗎？我們都來了！」

還是沒有回應。

饅頭在二樓洗手間，看著鏡子中的自己，他看到了……另一個人的樣子！

「為什麼……會這樣？」

同一時間，餐廳二樓的落地玻璃爆破！有東西從外面衝入來！

一個赤裸全身，瘦得像只有骨，而且滿身水泡的變異體男人，從餐廳二樓的玻璃衝入來，如果有密集恐懼症，看到他全身的水泡會直接嘔吐！

「死。」

它一手把饅頭整個心臟抽了出來！

夕夕、豆豉和孤三人合力攻擊那個瘦骨人，孤一手把鐵支插入了它的頭顱！瘦骨人失去平衡後退！

夕夕與豆豉合作，絕對是最佳的組合，還要加上孤，更加是最強組合！

瘦骨人沒有死去，血水與爛肉被黑煙籠罩著，讓它的雙手快速重生！

豆豉還沒說完，他已經感覺頸部一涼，瘦骨人重生的刀鋒手臂已經割破他的喉嚨！

夕夕舉劍的左手被斬斷，瘦骨人的手刀已經貫穿了他的胸口！

瘦骨人來到孤的面前！他們的距離不到三厘米，他看著整塊臉都是爆開水炮的瘦骨人！

「要、死、嗎？」它說。

「呀呀呀呀！」

孤用鐵支從右至左插入了瘦骨人的太陽穴！

瘦骨人沒有任何動作。

孤把它殺了？

「擦！」

才沒有，瘦骨人的手刀從下巴向上刺穿了孤的頭頂，同一時間，另一隻手的手刀把他的頭顱……

整、個、切、下！

孤的頭顱滾到洗手間門前，然後被另一個人一腳踏著！

「第一千九百三十四次。」他說：「我應該先虐待一下你才殺你，現在一點都不好玩呢。」

一個金髮男人對著孤的頭顱說。

「他」……就是饅頭在鏡子中看到的……

「那個人」。

CHAPTER 10

2695 T.S.N.F X2

@#$!@#!#) !#) ! (!!@) #) !!) !E#^ () @!!@_#$%

第二千一百八十三次。

孤、夕夕、豆豉和饅頭四人先了解四處的情況，沒有什麼異樣，立即快步走到海盜灣餐廳門前。

「Pirate Bay」的門牌就在他們的頭上。

「其實……你們不覺得奇怪嗎？我們在餐廳跟喪屍戰鬥時，也很嘈吵吧，如果這裡真的有人，應該會走出來看看。」饅頭說。

「或者，那個人有什麼不能出來的理由呢。」豆豉猜測。

「別想太多了，進去就知道了！」夕夕說。

「走吧！」

他們四人一起走了餐廳，餐廳的門沒有鎖，內部非常昏暗。

……

…

‧

他們走入了廚房，發現了一個古怪的立體。

「這東西會不會不是地球上的物質？」孤提出。

他們幾個一起看著他。

然後一起走上了二樓。

……

…

‧

饅頭在二樓洗手間，看著鏡子中的自己，他看到了……另一個人的樣子！

「為什麼……會這樣？」

饅頭被殺，然後，豆豉被割頸死去、夕夕被貫穿了心臟。

孤用鐵支從右至左插入了瘦骨人的太陽穴！

瘦骨人沒有任何動作。

孤把它殺了？才沒有。

「擦！」

它的手刀把他的頭顱……整、個、切、下！

孤的頭顱滾到洗手間門前，然後被另一個人一腳踏著！

「第二千一百八十三次。」他說：「我應該先虐待一下你才殺你，現在一點都不好玩呢。」

一個金髮男人對著孤的頭顱說。

「他」……就是饅頭在鏡子中看到的……

「那個人」。

@#$!@#!#）!#）！（!!@）#）!!）!E#^（）@!!@_#$%

第二千三百七十二次．

孤、夕夕、豆豉和饅頭四人先了解四處的情況，沒有什麼異樣，立即快步走到海盜灣餐廳門前。

「Pirate Bay」的門牌就在他們的頭上。

「其實……你們不覺得奇怪嗎？我們在餐廳跟喪屍戰鬥時，也很嘈吵吧，如果這裡真的有人，應該會走出來看看。」饅頭說。

「或者，那個人有什麼不能出來的理由呢。」豆豉猜測。

「別想太多了，進去就知道了！」夕夕說。

「走吧！」

他們四人一起走了餐廳，餐廳的門沒有鎖，內部非常昏暗。

……

：

．

他們走入了廚房，發現了一個古怪的立體。

……

…

．

饅頭在二樓洗手間，看著鏡子中的自己，他看到了……另一個人的樣子！

饅頭被殺，然後，豆豉被割頸死去、夕夕被貫穿了心臟。

孤的頭顱被割下，頭顱滾到洗手間門前，然後被另一個人一腳踏著！

「第二千三百七十二次。」他說：「我應該先虐待一下你才殺你，現在一點都不好玩呢。」

一個金髮男人對著孤的頭顱說。

「他」……就是饅頭在鏡子中看到的……

「那個人」。

CHAPTER 10

2695 T.S.N.F X3

@#$!@#!#）!#）!（!!@）#）!!）!E#^（）@!!@_#$%

第二千五百四十九次·

孤、夕夕、豆豉和饅頭四人先了解四處的情況，沒有什麼異樣，立即快步走到海盜灣餐廳門前。

「Pirate Bay」的門牌就在他們的頭上。

他們四人一起走了餐廳，餐廳的門沒有鎖，內部非常昏暗。

……

：

·

……

：

·

他們走入了廚房，發現了一個古怪的立體。

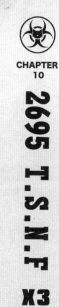

饅頭被殺，然後，豆豉被割頸死去、夕夕被貫穿了心臟。

孤的頭顱被割下，頭顱滾到洗手間門前，然後被另一個人一腳踏著！

「第二千五百四十九次．」他說：「我應該先虐待一下你才殺你，現在一點都不好玩呢。」

一個金髮男人對著孤的頭顱說。

「他」……就是饅頭在鏡子中看到的……

「那個人」。

X X X X X X X X X

@#$!@#!#）!#）！（!!@）#）!!）!E#^（）@!!@_#$%

第二千六百零一次。

孤、夕夕、豆豉和饅頭四人一起走了餐廳。

……

…

．

他們走入了廚房，發現了一個古怪的立體。

……

…

．

孤的頭顱被割下。

「第二千六百零一次。」他說：「我應該先虐待一下你才殺你，現在一點都不好玩呢。」

一個金髮男人對著孤的頭顱說。

「他」……就是饅頭在鏡子中看到的……

「那個人」。

@#$!@#!#）!#）!（!!@）#）!!）!E#^（）@!!@_#$%

第二千六百八十五次．

他們走入了餐廳。

CHAPTER 10

2695 T.S.N.F X4

……

…

・

死。

「第二千六百八十五次・」

@#$!@#!#）!#）！（!!@）#）!!）!E#^（）@!!@_#$%

第二千六百八十六次・

他們走入了餐廳。

……

…

・

死。

「第二千六百八十六次．」

@#$!@#!#）!#）！（!!@）#）!!）!E#^（）@!!@_#$%

第二千六百八十七次．

他們走入了餐廳。

……

：

．

死。

「第二千六百八十七次．」

@#$!@#!#）!#）！（!!@）#）!!）!E#^（）@!!@_#$%

第二千六百八十八次．

死。

第二千六百八十九次．

死。

第二千六百九十次，死。

第二千六百九十一次，死。

第二千六百九十二次，死。

第二千六百九十三次，死。

第二千六百九十四次，死。

第二千六百九十五次．

我、夕夕、豆豉和饅頭四人先了解四處的情況，沒有什麼異樣，立即快步走到海盜灣餐廳門前。

「Pirate Bay」的門牌就在他們的頭上。

「其實……你們不覺得奇怪嗎？我們在餐廳跟喪屍戰鬥時，也很嘈吵吧，如果這裡真的有人，應該會走出來看看。」饅頭說。

「或者，那個人有什麼不能出來的理由呢。」豆豉猜測。

「別想太多了，進去就知道了！」夕夕說。

「等等！」我突然叫停了他們。

「發生什麼事？」豆豉問。

「這一幕，好像……曾經出現過。」我說。

「Deja-Vu？」豆豉說：「是你的幻覺記憶？」

「我不知道。」我皺起了眉頭。

很奇怪的感覺，好像不是發生在我身上，同時，又好像曾經在我身上發生過。

我想起了三十多年後的我，他說我跟他的選擇不同，但問題是……

只有一個「我」選擇了回來這個「時間線一」的世界嗎？

還是……

還有其他的「我」選擇回來了？！

CHAPTER 11

大戰

Great War

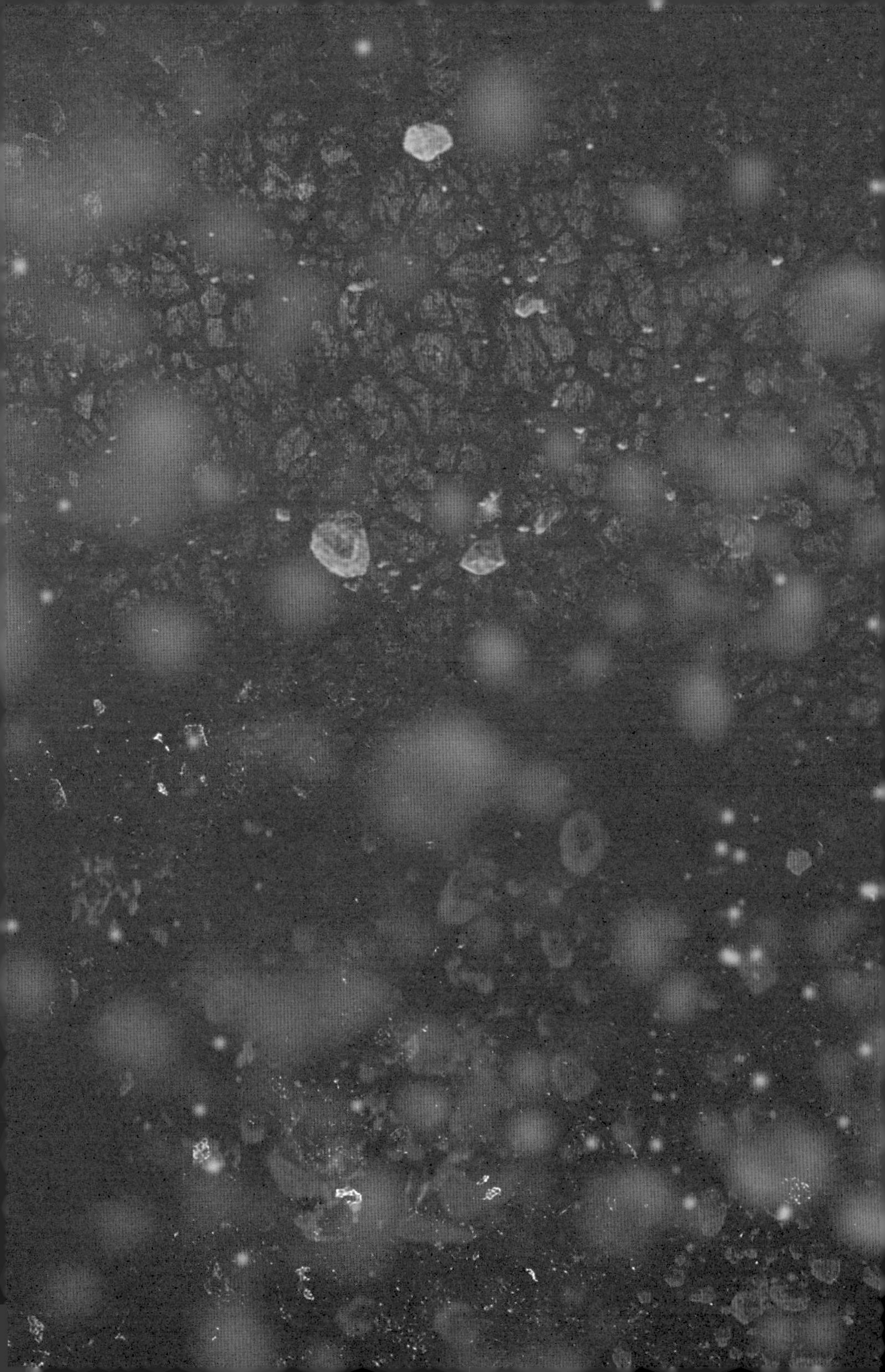

CHAPTER 11 大戰 Great War 01

一九四零年五月。

法國北部鄧寇克。

我是英軍其中一位士兵，我們被德國的裝甲戰車打得節節後退，我國、法國、比利時三國合共三十四萬的士兵被逼到鄧寇克，這是我們最後的防線。

我們全軍決定了撤退的計劃。

五月二十七日那天，軍人開始從海路撤離，一天只能撤出七千多人，如果要把三十四萬的軍人全部撤走，至少還要四十多天。

四十多天？不要說笑了，也許我們在數天就已經被德軍所殺，如何等到四十多天之後？

除非有「奇蹟」出現。

我看著軍人中，軍人都在喝酒、打架、掟飛鏢、騎車兜風等等，大家根本已經絕望到希望在生命最後的時刻，能夠快樂的死去，大家都無心戀戰。

最糟糕的是，我被安排到前線拖延德軍的進前，上級跟我們說，要奮戰到底。

媽的，德國有裝甲戰車，我們怎樣奮戰到底？說實話，他的意思就是要我們在前線的士兵犧牲自己。

為什麼我要為了那些絕望的人犧牲自己？

因為我是英日混血兒的關係，所以才會被派到前線送死？一直以來，無論是在學校，還是在軍營，我也受到欺凌，現在，甚至要我去送死。

當然，其他被安排到前線的士兵好像覺得是一種光榮，為國家犧牲，得到萬人敬仰。

只會在墓碑刻上你的名字，這就叫光榮？去你的。

死了受到敬仰又有什麼用？梵高生前窮困潦倒，際遇唏噓，死後自己的作品才被推崇，但問題是，他已經死去，所有的榮華富貴他沒法享受，如果你問梵高，他一定說寧願在生前過得快樂一點。

要我犧牲嗎？

英國首相邱吉爾，我幹你娘。

我決定了逃走，成為逃兵，我才不會因為其他討厭我的人而死！

我逃回了鄧寇克的市內躲起來，等待混亂時，趁亂走上逃生的船隻。

可惜，計劃撲空，我被納粹軍捉個正著，然後被帶到納粹集中營，跟猶太人一起被困。

我們英國的戰俘絕對不比猶太人好過，我被安排成為強制勞工，甚至是被虐待、毒打。

之後我才知道，那些猶太人被送走，是送去毒氣室……

最後，死了六百萬人。

希特拉殺六百萬人是什麼感覺的？奇怪地，我完全沒有可憐那些猶太人，反而想像希特拉一樣，把生命玩弄於手中。

我記得有一次，他們用布袋蒙著我的頭，然後用刀在我頸部割下，當時我還以為必死無疑！然後，他們打開了頭套，原來他們是用一塊冰塊割在我的喉嚨，冰塊溶化，讓我以為是自己在流血。

他們一直在玩弄著我。

我不會忘記，他們在恥笑我怕死得像豬一樣大叫的樣子，那一種侮辱的笑聲，比死更難受……

我永遠不會忘記。

最後，他們要我舔他們的鞋底才讓我離開。

我討厭英軍！我討厭德軍！我更討、厭、人、類！

如果給我一個機會，我必定要全世界的人類死得很慘！不不不，應該是**生不如死**！

我在集中營的監獄中，看著另一個吊頸自盡的英軍士兵，我完全沒有感覺，他死了更好，我不用聽他每天哭哭啼啼。

我看著鐵窗外的月亮，我只能單眼看著，因為我的臉被打腫，腫得不能張開雙眼。

「神，為什麼要我們互相殘殺？是我們有罪？如果是，直接殺了我們不是更好嗎？為什麼要我們受苦？」

祂會回答我嗎？祂會在我面前顯靈嗎？

才沒有，媽的，我只是像一個白痴一樣在自言自語！

「祢！他媽的回答我！」

我再不相信什麼神！

我要成為神！我就是我自己的神！

CHAPTER 11

大戰

Great War

02

那天，天氣很好。

我跟幾個英軍俘虜被帶到一個叫「滅絕營」的地方，我們赤裸著，被困在一個四十五立方米的室內。

當時，我大概知道將會發生什麼事，我聽到很多女人在哭泣，其他人也不說話，大家都在沉默地等待死亡。

真的要死了嗎？

一氧化碳開始從室內排出，我只是看著室內的黃色電燈炮，它在閃著，一閃一閃……

二十分鐘後，在我身邊的人已經倒下。

二十五分鐘，只餘下少數人仍活著。

再過了幾分鐘，只餘下我一個人，不過，我已經不能再支持下去……我知道自己即將死去。

我會上天堂？還是下地獄？

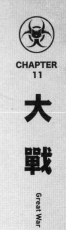

媽的，我哪裡都不去，我只想什麼感覺也沒有地死去。

四十分鐘，我終於倒下。

在我死去之前，我聽到他們打開了毒氣室的門，然後說……

「他是第一個，超過四十分鐘才死去的人。」

……

…

·

滅絕營不遠處的萬人塚。

被屠殺的屍體放滿在巨坑之內。

屍臭味鋪天蓋地，如果有人可以站在這裡五分鐘，那個不是鼻子有問題，就是精神有問題。

而我……完全沒有問題。

我從其他的屍體堆爬了出來，我坐在他們赤裸的身上。

我看著自己的雙手。

「我……我沒有死……我沒死去！」

連毒氣也他媽的殺不死我！

「哈哈～哈哈哈哈哈哈哈哈哈哈哈！！！！！沒有人可以殺死我！沒有人！」

我不知道在笑什麼，我只是覺得很諷刺，那個「神」真的不讓我死去！

今晚的月亮很圓，我看著萬人塚的的屍體，沒有一萬也有數千，只有我一個人沒有死去！

此時，我在一具赤裸的屍體上，看到一個細少的東西，發出了紫光，它好像吸引著我一樣。

我拿起了那個立體的東西。

@#$!@#!#）!#）！(!!@）#）!!）!E#^（）@!!@_#$%

下一秒……

我的眼前……

我的眼前出現了一個巨型的電視機，不，當時我根本不知道那是電視機螢光幕。

在我身邊有很多古怪服飾的人，用詭異的眼神看著我。

「沒穿衣服的！」

「他很臭！」

「露體狂！」

當時我完全不知道發生什麼事，只是看著手上的紫色東西。

後來我才知道，我去到了……

二零二二年的香港時代廣場。

這是我人生中，第一次……

「**時空旅行**」。

從那一天開始，世界從此由我主宰，我就是所有生物的「上帝」，我甚至知道備類摧毀世界文明的事，很好玩的計劃呢，嘰嘰。

該死的人類，你們是世界上最應該消失的生物！

我有很多的名字，約翰．芬茲、約翰•提托、德魯•約翰尼、中本聰……

而我最喜歡的一個名字，就是……

尚帝橋。

CHAPTER 11

大戰

Great War

03

海盜餐廳門前。

「這一幕，好像……曾經出現過。」我說。

「Deja-Vu？」豆豉說：「是你的幻覺記憶？」

「我不知道。」我皺起了眉頭。

很奇怪，我腦海中突然出現了一個問題，如果時間線不只是一、二、三，而是有無限的分支，那現在發生在我身上的事，是不是在另一個時空也發生過？

「別想太多了，我們進去吧！」夕夕說。

「等等！」我的汗水流下：「不，我們不能進去。」

「為什麼？」饅頭問。

「我有預感，我們可能會死在裡面……」

「預感？孤，因為 Deja-Vu 讓你不想進去？」豆豉問。

「不，不只是這個原因……」我看著他：「我不知道怎樣跟你們解釋，總之我腦海中好像出現過很多次同一個情況，最後也只有……死路一條。」

「我們這麼辛苦才來到，真的不進去？」夕夕帶點生氣：「哥哥也犧牲了！」

「因為我不想更多人死去才不進去！」我說。

「什麼預感？！孤你怎會相信這東西！」夕夕說。

「不……」我蹲了下來，雙手抱著頭。

不只是 Deja-Vu，也不是預感！在我腦海中，好像確確實實發生過某些悲劇，我才不想再次發生！

「如果我們不進去，還是先回去從長計議，在街上會吸引其他的喪屍。」豆豉說。

突然！

在餐廳的二樓，出現了玻璃爆破的聲音！

「大家退後！」夕夕大叫。

同一時間，一個黑影從高空跳下來！

它……骨瘦如柴，而且全身也長滿了水泡，外表非常噁心！

「第二千六百九十五次，終於改變了。」

說話的人不是那特化變異種，而是二樓上方的一個男人！

「你是誰？」夕夕已經緊握棒球棍。

「夕，你連我的聲音也忘記了嗎？」男人說：「你的棒球棍藏著一把劍吧，是你的秘密武器？嘰嘰。」

「你……你怎知道的？！」夕夕愕然。

「這把聲音……」豆豉想起來：「不會是……」

「豆豉，看來你已經知道了。」男人也從二樓一躍而下：「是我給你們新的開始，除了這個世界，還有你們的難民營！」

「阿橋！你沒有死去嗎？」夕夕高興地說。

他本想走向他，我立即捉住他的手臂。

「孤，他就是我經常提起的那個建立難民營的人！」豆豉笑說：「他是我們的人！」

「第二千六百九十五次，你是怎樣改變的？」阿橋沒理會夕夕與豆豉，他看著我。

「我……我不明你說什麼。」我的心跳得很快。

「阿橋，你為什麼會在這裡？」夕夕問：「你可以控制那隻變異種嗎？」

「你很煩！我在跟他說話，你給我收聲！」

他做了一個手勢，他身邊的那個瘦骨人吐出了毒針，毒針的目標是夕夕！

「噹～！」

一把飛來的軍刀把毒針擋下！

「發生什麼事？」信信走了過來：「是……是阿橋？！」

她聽到玻璃爆破的聲音，走出來看。

「啊，我明白了。」他微笑說：「這是命運共同體嗎？信信出來救了夕夕，跟本來的劇本完全不同。」

不只是信信，還有妹妹、瞳瞳、豆花與豆腐，她們也走到街上。

「阿橋……你為什麼……」夕夕感覺到驚訝，他沒想到一直很尊重的阿橋會對付他。

「我不是你認識的阿橋，那個尚帝橋已經被誅世宰殺了。」他想了一想：「對，忘了跟你們介紹，誅世宰，他在崇光的火災中沒有死去，最後成為了我的『寵物』，哈！」

他指指那個特化變異種，他是……**誅世宰！**

那個瘦骨人微笑，滿身水泡的他，露出了金色的門牙！

CHAPTER 11

大戰

Great War

04

他們完全墮入了迷惘之中，不知道發生了什麼事。

「我開辦難民營只不過是想把全部人類與備類集中在一起，不用四處找，然後……來一場大屠殺，哈哈哈。」他在瘋狂大笑。

他們全部人都呆了一樣看著他。孤不認識這個叫阿橋的人，不過看著他們的反應，很明顯他們根本不相信是他們曾經認識的人。

「現在怎樣好呢？『我們』從來沒試過這個情況。」

他說的「我們」是什麼意思？

全部人都靜了下來，只有阿橋不停在說話。

「不不不，最後你們也是要死，只是死的方法不同而已。」他看著孤。

然後，他吹了一下口哨……

可怕的聲音，從遠處開始傳來……是成千上萬的喪屍恐怖叫聲！它們正向著贊端路的方向一擁而上！

整個長洲就像地動山搖一樣！

不只是喪屍，他們曾經見過的變異體全部出動！

三人面蜘蛛、人形長頸鹿、變異種人蟒、飛蟑螂人、變異種熊蛙、變異種烏蠅人等等怪物，全部都衝向贊端路！

還有他們曾遇上的黑液人，也從高空落下！

瘦骨人與黑液人，兩個特化變異種，一左一右站在阿橋身邊！

「殺你們，我動用了全島的喪屍，我真的很給你們面子呢。」阿橋高興地說：「殺死你們之後，就是到難民營所有居民！」

阿橋是怎樣控制喪屍？其實他發出了一些人類沒法聽到的聲音吸引它們過來，就好像它們怕升降機內對講機的高頻噪音，相反地，另一些聲音可以吸引它們。

「為什麼……為什麼要這樣做？」瞳瞳問。

「為什麼？我可以說『這是你們的命運』吧，哈哈哈！」他笑得很高興：「不，其實是因為我討厭所有人類！還有討厭變成人類的貓！所以**全**、**部**、**都**、**要**、**死**！」

瘦骨人出手，它的目標是孤！

豆豉、夕夕、僖僖立即合作擋在孤的前方，以三對一跟瘦骨人拼過！

「看來你這個奴才真的不錯，他們誓死都要保護你。」阿橋說。

孤沒有回答他，他在想著還有什麼方法，大家留下來只有……死路一條。

最接近贊端路的喪屍已經來到他們的面前，瞳瞳、饅頭和妹妹，正在奮力地抵擋！

另外，黑液人也開始行動，豆花、豆腐兩姊妹正跟它對決！

全部人與喪屍都在移動，只有阿橋與孤沒有任何動作，他們對望著。

「現在這個情況……你沒有經歷過嗎？」孤問。

他好像已經知道了什麼似的。

「沒有！從來也沒有，在前二千六百九十四次，你們都死得很慘，哈哈！不過，這次可能死得更慘！」阿橋說。

「嘿。」

「你笑什麼？」

「你在前二千六百九十四次都只是在享受著把我們殺死嗎？」

「當然，很好玩！」

「那你有享受過……」孤走向了他：「不是用『控制』，卻有人想保護你的感覺嗎？像剛才他們一樣，自願為我去擋下攻擊，你享受過嗎？」

「你想說什麼？」

「你的『世界』就只有你自己。」

阿橋瞪大眼睛呆了一樣看著他，孤好像說中了什麼。

「就算我們全部人都死去，甚至慘死，至少，我們都是為了對方而死。」孤說：「你呢？有一個可以讓你願意犧牲性命的人嗎？有一個會為你犧牲性命的人嗎？」

阿橋完全沒有想到，這個快要死去的人，究竟跟他說這些說話。

「我和我的孤貓，就算是死，也永遠是最好的伙伴，這就是我們的羈絆。」

「哈哈！我才不要這樣的羈絆！」

「真的是嗎？」孤說：「嘿，真可悲，你根本不知道什麼是……**愛**。」

「我才不需要愛！」阿橋憤怒地說：「去死吧！」

孤說得對，阿橋不會相信其他人，他只相信自己。

從來，也沒有人跟他說出「可悲」這兩個字，因為他認為自己就是世界的神，他不需要朋友，不需要……

孤沒發現，已經有人走到他的背後，這是阿橋的安排……

他放出了在消防車內的豆奶！

她在孤的後肩膊**用力地咬下！**

CHAPTER 11 大戰 Great War 05

「孤！！！」

瞳瞳在遠處看著豆奶咬在孤身上，她想立即去幫手，可惜大批的三人面蜘蛛擋在前方，而且喪屍愈來愈多，她根本分身不暇！

瞳孔已經變成了黃色的豆奶，用力一扯，把孤肩膊的肉撕開！血水瘋狂噴出！

「哈哈哈哈！」阿橋抱腹大笑：「什麼羈絆？什麼愛？最後也被自己愛的人咬死！」

孤蹲了下來。

「奶……」他低下了頭：「別要怪責自己，我知道妳沒法控制……」

豆奶的黃色瞳孔……流下了眼淚。

她……不想這樣，卻不能控制自己。

她沒有停止，他在孤同一個傷口再次咬下，孤的表情痛苦！

「沒問題的，不是妳的錯，我明白的。」

孤轉身，然後擁抱著豆奶。

只是不小心踏到貓的尾巴，我們都會很心痛，而且有一份內疚的感覺，現在，不只是踏到尾巴，而是要吃了對方，那痛苦的感覺，文字也不能形容。

豆奶痛苦地大叫，眼淚不斷流下。

……

：

．

另一邊廂。

豆豉、夕夕和信信跟瘦骨人正在戰鬥。

信信已經把瘦骨人一隻手臂破下。

「什麼？！」

不過，就如之前二千六百九十四次一樣，瘦骨人全身出現了黑煙，它發出了刺耳的叫聲，身上的水泡全部爆開，手臂再次重生！

它的速度更快，手刀斬向驚魂未定的僖僖！

豆豉與夕夕，一刀一劍擋在僖僖的前方，把攻擊擋下！

僖僖立即用軍刀插入瘦骨人的身體，但它卻完全沒有感覺，甚至把軍刀吞入身體之內！

瘦骨人再次用手刀劈向夕夕，夕夕用棒球劍格擋攻擊，它的力度變得非常大，夕夕整個人被震到退後！

豆豉與僖僖也快速退後，跟瘦骨人保持距離。

「不行！這噁心的怪物變得更強更快了！」僖僖說。

「別怕，我們三個人不可能打輸給它！」夕夕說。

瘦骨人向著他們微笑，露出了它的金牙。

「頭、腹、腳！」豆豉簡單地說。

「OK！」

夕夕與僖僖立即明白他們的說話，他們三個再次展開攻勢，三個人都向著瘦骨人的三個身體部位攻擊！

三合一的最強殺著！

他們各自的武器，已經斬入了瘦骨人的身體……

不，並沒有！

「什……什麼？！」

它用半秒的時間接下夕夕與豆豉的劍刀，然後用腳把僖僖一腳踏飛！

太快了！他們根本沒法跟它比速度！

「左。」

瘦骨人說了一個字，同時，手刀已經斬向夕夕！

夕夕勉強避開致命攻擊，可惜，他的整隻左手手臂被它的手刀……

狠狠地斬斷！

……

‥

·

豆花、豆腐兩姊妹也在跟黑液人戰鬥。

豆腐的長矛刺入了黑液人的身體，黑液人捉著長矛一拉，把豆腐拉近自己！

「多毛！」

豆花大叫，一刀劈在黑液人的手臂，可惜它身體上的黑色液體，吸收了所有的力量。

它一手捉住豆花的頸把她整個人抽起！

「大家姐！」

豆腐把手執的長矛放開，她拔出一支帶毒尖銳的長針，插入黑液人的眉心！

「就這樣嗎？」黑液人突然說話。

它再一手捉住豆腐的頸，把她們兩個也抽起離地，就像博物館那天一樣！當時黑液人沒有殺死她們，但這次它不會再心軟！

兩姊妹快要窒息，不斷掙扎，非常痛苦！

「我……曾經很愛妳們嗎？」黑液人說：「現在……不愛了。」

他加大力道！

CHAPTER 11

大戰

Great War

06

夕夕的手臂被整隻斬斷！

他沒有痛苦地大叫，他下一個動作立即轉到瘦骨人的後方，用手臂鎖死它的頸！

「快！斬！」

豆豉與僖僖停了下來，因為如果斬下瘦骨人，夕夕也會遭殃！

「別理我！攔腰把它斬死！」夕夕吐出鮮血大叫。

「豆豉！」僖僖大叫。

「嗯！」豆豉回應。

他們緊握著武器，向著瘦骨人與夕夕的腰部斬下！

同一時間，瘦骨人也向後方的夕夕攻擊！它向後舉起手，向著夕夕的頭顱插下去！

「噹！」

是誰先被劈下？

所有動作也像停止了一樣……

不，是真的停止了！

因為有個人把豆豉、僖僖和瘦骨人的攻擊通通擋下！

「夕夕，又是你說別要犧牲自己……」他微笑說：「你真不守信用。」

「他」，把所有攻擊擋下！

……

…

·

黑液人一左一右緊緊捉住豆花與豆腐，她們快要窒息而死！

豆花與豆腐慢慢地牽著手，她們知道即將死去，她們只想在最後一秒，也牽著對方的手。

姊妹，同年同月同日生，同年同月同日死。

她們即將昏迷，就在最危急的一刻，她們兩個感覺到，第三隻手放在她們兩人的手上。

「妳們兩個，別要忘了我。」

豆花緩緩地回頭看著說話的人。

「阿……」

豆花還未說出她的名字，她已經行動！

她的手槍已經抵在黑液人頸下！黑液人完全意想不到她有這樣的速度！

「砰！砰！砰！砰！砰！砰！」

她連開了六槍！

黑液人頭顱被打爆，整個人向後倒！同時，它鬆開了捉著豆花與豆腐的手！

「阿……奶……」

豆奶接住掉下來下的花與腐。

沒錯，這個救了她們的人，就是她們的好姊妹，豆奶！

豆腐看著她黃色的瞳孔：「為……為什麼……」

「現在不是解釋的時候，我們還未打敗它！」豆奶看著前方的黑液人。

它的頭部開始重生。

「三、姊、妹、嗎？很、懷、念……」黑液人說：「我……是……你……們……爺……爺……」

它就是這個時空的孤，被阿橋利用成為他的手下！

「你不是！我們的爺爺絕對不會傷害我們！」豆花說。

豆奶把豆腐的長矛掉給了她：「還可以作戰嗎？」

「當……當然可以！」豆腐站了起來：「我只是休息一下而已！」

「大家姐，三妹，我們……」豆奶大叫：「一起對付這個冒、牌、的、爺、爺！」

……

…

.

贊端路路口。

妹妹、曈曈與饅頭，以一對五的數量，不斷跟喪屍與進化變異種戰鬥！

三人面蜘蛛吐出了黏性的網想包圍妹妹，曈曈立即把她拉走！

同一時間，喪屍群起撲向她們，饅頭用他的武器盡力把它們擊退！現在他們要對付的，都只是小數目，還有數千數萬的怪物，以最快的速度前來！

如果要說最快捱不下去的隊伍，絕對是他們三人！

「不行了！」瞳瞳反手握刀插入喪屍的心臟：「數目愈來愈多，我們對付不了！」

「但我們還可以逃到哪裡？」妹妹用大鎚仔攻擊喪屍的頭。

「至少先離開這裡吧！」饅頭說：「跟我來！」

饅頭比較熟悉環境，他本想逃到附近的公廁，可惜沒想到，他們已經被包圍！

一大群飛蟑螂人已經阻擋著他們的退路！

「再這樣下去……」瞳瞳想起了豆奶：「我們也會變成變異種！」

「沒被咬死才是！被咬死就會變成喪屍，永遠也不可以變回來！」妹妹說。

三條巨型的變異種人蟒，已經來到他們的位置！

他們已經沒路可逃！

即將死在這裡！

就在他們絕望之時……

「#R@#%!$^!!」

妹妹聽到熟悉的聲音！

是一些只有她聽得懂的聲音！

CHAPTER 11

大戰

Great War

07

在喪屍群後方，巨量的沙塵被捲起，某些「巨物」以最快的速度接近！

「是……滴滴！！！」妹妹大叫：「滴滴來了！！！」

滴滴穿過了沙塵，發出了巨大的叫聲！在它的下方，進化出四隻手腳，它可以在陸上爬行！

它不是已經被藍龍所殺？

不，才不是，因為……

在滴滴後方，出現了超過……

二十條巨型水滴魚！

不只是孤貓有自己的同伴，滴滴都有自己的同伴！

其中一條水滴魚把變異種人蟒一口咬成只餘下一半！

滴滴帶著同伴來拯救它的好朋友！

「這醜魚……是什麼鬼東西？！」饅頭看著它們非常驚訝。

「人不可以貌相，不，是魚不可以貌相！」瞳瞳微笑說。

「它是我的……好、朋、友！」妹妹高興地說。

同一時間，一個坐在滴滴背上的人大叫。

「我們來救你們了！」

妹妹看著他，眼淚已經不禁流下。

在滴滴背上的人是……

哥哥！！！

……

‥

.

三姊妹那邊。

不知什麼原因，豆奶奪回人類的意識，而且還擁有特化變異種的力量！

她的速度比黑液人更快，甚至比它復原速度更快，黑液人還未再生之前，豆奶已經再次作出攻擊，

把它的身體刺穿一個又一個傷口！

「二家姐很強！」豆腐高興地說：「我也想變成這樣強！」

豆奶閃到她的身邊：「妳不可能，除非妳小時候患過FIP腹膜炎！」

在她們兩個交談時，黑液人的觸手作出攻擊！

豆花用刀把觸手斬下！

「現在是什麼時候？妳兩個回家才聊天吧！」豆花在教訓兩個妹妹。

「是！大家姐！」她們一起回應。

她們三人對望了一眼，不用說話，已經知道對方的想法與戰術！

黑液人再次向她們三人攻擊，豆奶先拔頭籌，衝向黑液人，然後……她跳起在半空！

黑液人被她的動作吸引，視線留意著豆奶，此時，豆腐掉出了長矛，長矛飛向黑液人的心臟位置，貫穿了它的心臟！

同一時間，豆花的刀已經來到黑液人的頸前！

豆花手起刀落，黑液人的頭顱被割下！

未完！因為黑液人可以重生，就算破壞心臟與破頭還未真正把它解決！

豆奶知道這一點，她跳起衝下來，手上的短刀已經落在黑液人身體之上！

「怪物！去死吧！」

她把黑液人身體左右一、分、為、二！

未完！就算黑液人再被一分為二，它還是可以再次重生！

進化的變異種真正的弱點是什麼？

要怎樣才可以把它殺死？

「大家姐！三妹！」豆奶大叫。

三姊妹一起看著在地上的那個黑液人的頭，液體開始溶化，出現了孤的樣子。

「只有完全破壞它的腦袋，才能把它真正殺死！」豆奶說。

「但……他是這個時空的爺爺……」豆腐在猶豫。

「不，它才不是我們的爺爺！」豆花泛起了淚光，緊握著手中的軍刀：「好吧，我們來！」

她們三姊妹舉起了武器，一起刺入黑液人的頭顱！

頭顱開始慢慢地變成了灰，就在它即將要消失之時，她們三姊妹隱約地聽到……

「謝謝妳們……三姊妹……謝謝。」

無論是哪個時空的孤，也是深愛著她們三姊妹的，只是它沒法控制自己，只是它身不由己。

三姊妹流下了眼淚。

豆花抹去眼淚：「不能再蹉跎，我們快去幫助其他人！」

CHAPTER 11
大戰
Great War
08

瘦骨人與他們的戰鬥已經進入白熱化的階段！

不，不是「他們」的戰鬥，而是「他」跟「它」的戰鬥！

剛才擋下全部攻擊的人，不是其他人，而是……孤！

他跟豆奶一樣，力量與速度變成特化變異種一樣，不，是比它們更快、更強！

孤的眼白變成了鮮紅色，瞳孔變成了黃色，而且瞳孔像貓遇到光的一樣，變成了一條直線！

豆豉扶著斷臂的夕夕，僖僖在替他止血。

他們沒有加入戰鬥？對，因為他們根本沒法加入，「他」與「它」的速度實在太快，他們幫忙也許只會成為了孤的負累。

全身水泡也爆開的瘦骨人，完全沒想到會有人可以跟上自己的速度！

「左。」

瘦骨人向著孤左面攻擊，孤比它更敏捷地避開！

「右！」孤跟他一樣說出方向。

瘦骨人準備閃避，可惜……它左面的身體被孤手上的刀劈傷！

「白痴！你以為我說右就真的會斬你右面嗎？」孤奸笑，同時低下頭閃開了瘦骨人的手刀：「在你還是人類的時間，已經是無惡不作……」

孤快速衝向它，他們面對面對望著，距離只有三厘米！

這麼接近看著這個爛面人非常噁心，不過孤完全不怕。

「現在更變成了變異種，你想把我最愛的貓殺死？**不、可、原、諒！**」

進化的變異種弱點是什麼？要怎樣才可以把它殺死？

像豆家三姊妹一樣的方法殺黑液人，孤也覺得非常麻煩，他想到了一個更加快捷的方法！

他……

一、口、咬、在、瘦、骨、人、的、頸、上！

咬在水泡爆開的爛肉上！正常人也許已經吐，不過，孤根本就不是正常人，他用力地向後扯，瘦骨人半邊頸上的爛肉被他扯了出來！

他沒有停下來，不斷在在瘦骨人的身體上咬下！

咬下！撕扯！咬下！撕扯！咬下！撕扯！咬下！撕扯！

不斷不斷重複！

直到，瘦骨人上半物差不多只餘下骨頭，孤身上的病毒完全入侵了它的身體！

對付它們最好的方法就是……**以毒攻毒！！！**

瘦骨人……終於倒下！

「看來……以後還是不要得罪這個奴才。」夕夕還在說笑。

「對，被咬就慘了。」豆豉和應他。

「孤！」

僖僖看到瘦骨人倒下，立即走向了他。

孤用一個凶狠的眼神看著僖僖，僖僖也被嚇了一下。

孤看到是僖僖，本來一條直線的瞳孔，變回了圓形。

「要不要來吻我？」孤微笑說。

「才不要！」

僖僖知道他還在說笑，沒有失控，立即上前擁抱著他。

「看來我未來一定、絕對、必定不會再吃免治牛肉。」孤笑說。

豆豉與夕夕也走到他身邊。

「夕夕，你沒事嗎？」孤問。

「還好……給我休息一下就可以再戰鬥了。」夕夕說。

「不，你要好好休息。」孤看著遠方，瞳瞳他們的方向：「看來我們有幫手來幫忙了。」

「孤，現在怎樣？」豆豉問。

「豆豉，你快去找妹妹替夕夕療傷，僖僖，妳去找其他人。」孤說：「我還有更重要的事要做。」

然後，他回頭看著海盜灣餐廳。

因為，尚帝橋……逃入了餐廳之內。

CHAPTER 11 大戰 Great War 09

海盜灣餐廳。

阿橋一個人回到餐廳內，在他的臉上出現了從來沒出現過的表情。

一種失落與充滿失敗感的表情。

經常失敗的人，對於失敗已經習以為常，不會有什麼感覺，但對於一個從來沒失敗過的人來說，是非常非常大的打擊。

他憤怒地把桌上擺放得井井有條的餐具撥走。

此時，海盜灣餐廳的門打開，一個人走了進來。

「看來，這不是你想要的『結局』呢。」

阿橋看著他。

看著孤的黃色瞳孔。

他回想起剛才所發生的事，孤被豆奶咬，本應會變成喪屍又或是變異種，卻奇怪地，豆奶與孤反而奪回了自己的意識。

就在他們還未完全奪回意識前，阿橋立刻逃走，走回餐廳內。

他靜下來，想著什麼原因會變成這樣？

他並不知道，豆奶曾經患有腹膜炎，她曾經在八十四日內注射了一隻名為「GS441」的藥，同時，孤也注射了由黑死病病毒製造出來的疫苗，變回了正常人。

事實是，當豆奶咬下孤時，這兩種藥的病原體混合，可以互相抵消異變種的病毒。他們還擁有異變種的力量，而且可以控制自己。

當然，他們自己也不知道會變成這樣。

孤坐到他的對面。

「所有事，都是由你開始，對吧？」孤問。

阿橋沒有回答他。

「你可以穿越時空，回到過去、跨越未來，還可以進出不同的時間線。」孤冷靜地說：「然後，你知道在某些時空的未來，人類的文明會崩潰，所以你決定了製造出其他的進化異變體，讓世界亂上加亂。」

「你……你怎知道？」阿橋用低沉的聲音說。

「因為太古怪了，熊貓跟青蛙、長頸鹿、巨蟒蛇等等，根本就不應該出現在香港，當時我遇上它們之後，我就覺得這些進化異變種，不似是偛類想出來毀滅人類的怪物，他們只要把人類變成了喪屍與變異種，就已經足夠摧毀世界。」

「嘰嘰嘰……看來你也蠻聰明的。」阿橋不禁讚揚他。

「不，只是我寫太多小說，我大概猜到一個人是如何去寫一個……」孤認真地說：「**自己喜歡的劇本**。」

「這次……是你贏了，哈哈！不過又如何？二千六百九十五次的劇本之中，你只贏了一次！」阿橋囂張地說：「在其他平行時空中，你跟你的同伴依然會慘死！」

「你終於認同我跟我的同伴了嗎？」

阿橋呆了一樣看著他。

「你問我，當時為什麼不走入海盜灣餐廳，我只有一個答案。」孤微笑說：「因為我沒有膽，我很怕死，我更害怕我的同伴會死，我很害怕我的貓會死。」

阿橋不會明白他們的關係，因為他從來就只有「自己」，沒有同伴，他不明白同伴死去的痛苦。

「我不知道你曾經經歷過什麼而這麼討厭人類，還要讓人類與貓類在這個時代全部死去。」孤說：「但人類已經得到了懲罰，他們把貓變回人，就是想讓這個時代可以從新開始，你為什麼要趕盡殺絕呢？」

「你永遠不會經歷我的痛苦！」

孤點點頭。

「當然，每個人都擁有屬於自己的痛苦！我不會明白你的，你也不會完全明白我的！」孤帶點激動地說：「不過，把快樂建立在別人的痛苦之上，這樣就是你想要的嗎？」

阿橋沒有回答他。

「對，我也很討厭人類，我甚至會討厭我自己，不過，世界上還是有好的人，世界上還是……有『愛』！」

阿橋不想再聽下去，他……

舉起了手槍指著孤！

CHAPTER 11 大戰 Great War 10

「你沒法殺死我。」孤說。

「嘰嘰嘰……是誰說要殺你？」阿橋說：「我曾經跟自己說過，沒有人可以殺死我！」

「什麼……什麼意思？！」

「你以為贏得了我嗎？其他時空的你，還有你的貓，依然會不斷循環地被虐殺！你什麼也做不到！什麼也沒法改變！」

孤皺起眉頭。

「沒有了一個『我』，還有千千萬萬個『我』，你別以為已經贏了我一次就等於勝利，你會一直輸！一直在輸！」

「沒有人可以殺死我」的下一句是……

「只有我自己可以殺死我自己！」

「你……」

「砰！」

孤本想阻止他，可惜已經太遲，阿橋向著自己的嘴巴開槍，他吞槍自殺！

他最後死在自己的手上，沒有人可以殺到他。

孤呆了一樣看著他倒在地上。

「孤！」

豆豉聽到了槍聲從外衝入了餐廳！

「他……自殺了。」孤說：「我本想說服他，然後讓所有的怪物停下來。」

「我知道你已經盡力。」豆豉拍拍他的肩膀：「夕夕的手臂已經得到治療了，不過，他還是想繼續戰鬥……」

豆豉說出了現在的情況，哥哥沒有死去，他被藍龍吞下本來以為自己必死無疑，但最後因為滴滴的同伴來了，拯救了他，而且「孤貓號」也完好無缺。

「但問題是……」

他們走到璃窗外看，水滴魚同伴正在跟全島的敵人戰鬥。不過，喪屍的數目實在太多，蟻多摟死象，已經有三四條水滴魚倒下，再這樣下去，他們還是會全軍覆沒。

「我們要逃走嗎？」豆豉問。

「它們回來幫助我們，我們怎可以選擇逃走？而且我們還可以逃到哪裡？」孤說：「要再想想方法。」

他看著餐廳廚房的方向，他好像感覺到，有「某些東西」在廚房內。

阿橋沒有說錯，只有一條時間線打敗了他，根本不能說是「勝利」，孤想真真正正結束整個無止境的痛苦循環。

「給我一點時間，我一定想到方法。」孤微笑說：「再困難我們也捱過了，沒問題的。」

他們走入了餐廳廚房，發現那個發出紫光的立體。

「是正十二面體！」豆豉說。

「或者……這東西就是我們最後要解開的謎。」孤說：「最後拯救我們的方法！」

五分鐘後。

第八條巨型水滴魚倒下。

夕夕、哥哥、妹妹、瞳瞳、僖僖、饅頭，還有三姊妹，正在滴滴的背上。

滴滴不斷被喪屍群包圍，在它的身上咬下，它痛苦地大叫。

「再這樣下去……我們真的會全軍覆沒！」僖僖拿起丫叉射向下方的喪屍。

「滴滴跟我說，它快不能戰鬥了！」妹妹表情痛苦。

「我去找爺爺跟爸爸，然後一起逃走！」豆奶說。

「我跟妳一起去！」夕夕說。

「不行！你們下去很危險！」曈曈不讓他們走：「夕夕，你別要魯莽！」

他們一起看著地面的情況，喪屍、變異種，所有奇形怪狀的生物，都在下方，數目多到好像高處俯瞰下去，看著人群遊行一樣。

不同的，他們不是在遊行，而是想要把孤貓們通通殺死！

「但再這樣下去……」哥哥說。

哥哥還未說完，前方不遠處傳來了聲音！

不，不只是前方，是四面八方也傳來了聲音！

他們一起看著越來越接近的「東西」……

他們九個人都呆了！

數量跟喪屍一樣多，不，甚至比喪屍更多！

是孤找來了……「救兵」！？

CHAPTER 12 最後的旅程

Last

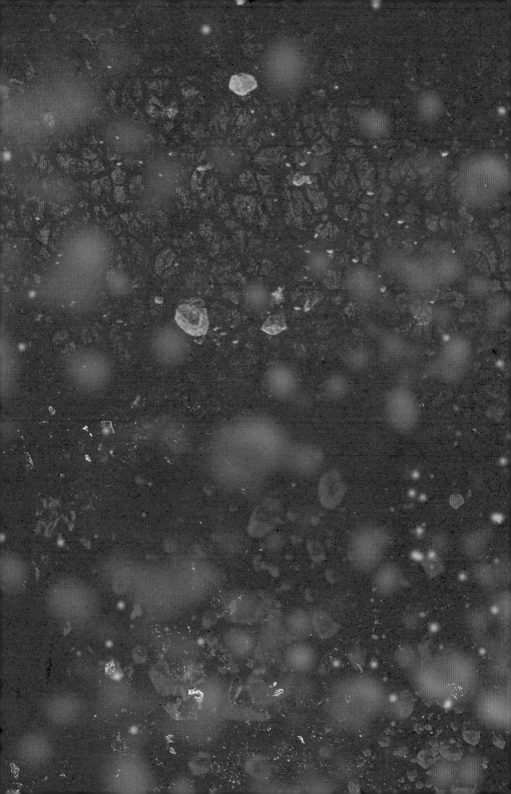

CHAPTER 12 最後的旅程 Last 01

五分鐘前。

我看著前方浮在半空的立體，豆豉不斷說出什麼費波納契數列、柏拉圖立體、微積分計算、黃金比例等等，我完全聽不懂，我只知道這古怪的東西，一定跟那個阿橋有關。

「表面上刻著帕斯卡三角形與費波納契數列……」豆豉說。

「等等，豆豉我對這些完全沒興趣。」

「不，$F(0)=0$，$F(1)=1, F(n)=F(n-1)+F(n-2)$（$n \geq 2$，$n \in N^*$）。」他繼續說出一些我不明白的數字：「斐波那契數列就是以遞推的方法來定義，這會不會就是代表了……無限的平行時空？」

我瞪大了眼睛看著那個立體，我終於聽得懂「平行時空」這個名稱。

這東西跟「平行時空」有關，會不會就是……

我伸手觸摸著它，這個立體突然發出了聲音！完美無瑕的光面出現了裂縫，然後上半部打開！

「什麼鬼？！」

立體內部什麼也沒有，只有一個座位。

「這該不會是……」我跟豆豉對望。

「時光機！」我們一起說。

「難道阿橋就是利用這東西來回不同的時空？」豆豉說。

「不用猜了！」

我立即跳入了立體之內，我坐到那個座位上。

「這樣可能很危險！」豆豉提醒。

沒有，沒有任何反應。

「這是怎樣操作的？」我問。

豆豉搖搖頭：「如果有說明書就好了。」

要如何關門呢？是如何運作？

就在我心中想著關門之時，立體開始關上！

「孤！」

「沒事的！」我看著立體外的他：「如果這真的是時光機，我知道要怎樣做！」

「但……」

我在立體關上的一刻，跟他微笑，一個自信的微笑。

就好像跟他說：「放心，我很快會回來！」

門關上，很靜，靜得出現了耳鳴。

在我小說中的「時光機」，都是一張舊式飛髮鋪的椅子，這立體真的是時光機嗎？

「等等，如果是時光機，我也不會知道要怎樣操作……」

就在我跟自己自言自語同時，我的腦袋……

一秒？半秒？四分一秒？！

我的大腦出現了無數的資訊！

這的確是時光機！而且操作方法我已經立即知道！

這就是未來傳達訊息的方法嗎？！我非常驚訝！

人類要用說話、文字、身體語言去傳達自己想表達的訊息，但有很多生物，牠們不需要像人類一樣說話，又或是寫字，已經可以傳達訊息，就好像……貓一樣！

「嘿嘿，這樣不是太好的方法呢，我只需要一秒就可以讀完一本書，那就沒有閱讀的樂趣了。」我對著空氣說。

「你好像有你的道理。」

突然有人跟我說話！

CHAPTER 12 最後的旅程 Last 02

立體再次打開！

我來到了一個綠色的草原！

在我面前，有一個人從天上慢慢降下，浮在半空之中！

她有一個人類的外表與身體，頭上長有一對貓的耳朵，耳朵上有一隻白貓貓頭的耳環，還有一條貓的長尾巴，臉上也有貓鬚，她的眼睛很美，明顯看得得出，她是一個女性。

「妳……妳是誰？」

「你不是在《我不想做人》中，有寫過巨貓神嗎？」她和藹可親。

「不會吧……」我只能苦笑：「難道妳就是真正的……貓星人？」

「貓星人」三個字，好像很滑稽似的，不過，我已經沒想到其他更貼切的形容！

「你真聰明！我喜歡『貓星人』這個名稱，其實我們是fact星球來的。」她說：「以你們人類的認知，你可以說是外星人吧。」

「這樣說……上帝是外星人 New Age 的說話，都是……真的嗎？三長老所說的傳說都是真的嗎？」

「只有人類才會說謊，我不懂什麼是真與假。」她說：「我們讓人類的文明自然發展，可惜，人類已經超出我們的控制與想像。」

她手一揮，半空中出現了世界各地，不同年代的戰爭畫面。

「人類就是這樣的生物，為了自己的利益，不斷互相廝殺，而且你們還傷害了其他的生物。」她說：「或者，人類的死是應得的。」

「所以，你們才發明了變異種症候群這病毒，讓人類滅亡？」

「對。」她直言不諱。

我沒有說話。

「你不反駁我嗎？」她問：「不說我很殘忍？」

「或者，你們的做法是對的，我們的確是罪該萬死。」

破壞地球是我們人類的惡習，只是我們自己不肯承認而已。

我從立體走出來：「我現在在哪裡？我有更重要的事要做，我要去找幫手，然後回去拯救他們！」

「現在是二五二二年，你腳下是香港中央圖書館對出的大球場。」

「什麼？！五百年後？」

我看看四處，只有綠色的草，高聳入雲的建築物已經全部消失！

「你自己不也寫過五百年後的世界嗎？好像是*《命運印記》這本小說。」她說。

「為什麼妳又會知道我寫過什麼書？」我好奇問。

「你的『想法』，不是由我們給你的嗎？」她微笑。

我的確在早期的作品*《愛情神秘調查組》中有寫過，我所有的「想法」，是由一個像雲端的東西給我的。

「我現在就像在發夢一樣，我寫出來也不會有讀者相信。」我跟她微笑：「我很高興認識妳，不過，現在我很趕時間，沒法跟妳繼續聊天。」

「我知道。」她想了一想：「不過，你用『趕時間』是錯誤說法，因為你不需要在意時間。」

我不明白她說什麼。

她浮到我的前方，然後伸出手指，在我的額頭上點了一下。

很溫暖的感覺，就好像剛才在時光機內一樣，腦海中突然出現了很多想知道的答案！

「原來……如此……」

「我這麼久以來，只是真正接觸過幾個人類，你跟阿橋的性格真的完全不同呢。」她說。

我腦海中出現了阿橋，我終於知道阿橋發生過的事，而且明白她所說的「不同」。

還有，九個變成人的孤貓，的確是由另一個時空來到「時間線一」，而本來在「時間線一」的孤貓，已經被安排回到貓星球。

「好了！我要走了！」我坐回立體之內。

「不需要我教你如何操作嗎？」

我搖頭微笑，我已經知道時光機是如何運用。

「再見了。」她說：「但願你有一個美好的未來。」

打開的立體緩緩關上。

就在立體快要關上之時，我問了一個問題。

「妳說見過幾個人類，他們是什麼人？」我問。

然後，她說出了兩個名字。

「彌……」

「釋……」

是他們？！

嘿，看來如果我不是瘋了，一定是在發夢！

好了，是時候要去找幫助我們的人！

*《我不想做人》、《命運印記》、《愛情神秘調查組》，請欣賞孤泣其他的小說作品。

CHAPTER 12 最後的旅程 Last 03

時光機內。

我在整理腦海中的資訊。

人類的文明崩潰，的確是由⿰亻苗類星球人想出來的計劃，他們讓地球上大部分的貓返回了自己的星球，而小部分貓變成了⿰亻苗類，跟餘下的人類從新開始新的生活。

重新開始一段新的「人類歷史」。

沒錯，她說得對，人類變成現在這樣，都是人類應得的「報應」。

在不同的平行時空中，都會出現人類文明崩潰，不過，在另一些時空中，人類文明沒有崩潰，我們如常地生活。

就好像我本來的時空一樣，如常生活。

劇本的發展，分成了「人類文明崩潰」、「人類文明沒有崩潰」這兩大支線，不過，因為阿橋的出現，讓「人類文明崩潰」的分支劇本出現了變數。

阿橋出生在十九世紀初，在二戰時成為了德軍的俘虜，最後在毒氣室內沒有被毒死，而且還得到了穿梭時空的能力，他就開始了對人類復仇的計劃。

他非常聰明，他的計劃第一步，就是去到更遠的未來世界，用未來的科技去製造時光機，可以讓他回到過去、跨越未來，還有在不同的時空遊走。

這專屬的時光機，就是我坐著這一台。

然後，第二步，他要找更多人幫忙，不過，他找的人都是「同一個人」，阿橋在不同的平行時空，找出自己，然後告訴自己可以穿越過去與未來，走入不同的時空支線。

「自己」當然會相信「自己」。

怪不得當我跟他說「你的世界就只有你自己」時，他的反應這麼大，因為……我真的說中了，他的世界的確只有他自己。

簡單來說，比如在「時間線一」被誅世宰殺死的阿橋，是由「另一個」阿橋，他被分配到「開辦難民營」的工作，當然，他沒有告訴那個阿橋，最後會被誅世宰所殺。

他利用了「自己」。

不只是一個時空，他在不同的時空都重複同一個劇本，有無限個死去的阿橋，也有無限個把我們殺死的阿橋。

同時，「他們」會扮演著不同的角色在世界中出現，比如約翰‧提托與中本聰等等，全都是他。他就像在玩弄著人類一樣。

我在時光機內看過他的記憶，我知道了我們在過去二千六百九十四次被殺時的情況，我被二千六百九十四個不同時空的阿橋殺死。我完全不敢相信，我們會死得這麼慘，在另外二千六百九十四次的平行時空中，我真的被破頭而死，想起也心寒。

而現在我身處的是第二千六百九十五次，我終於打破了劇本，讓他自殺死去。

不過，因為有無限個平行時空，這代表了，我們被死的劇情會不斷發生。

現在，有三件事我要做。

一、我要去到未來

在未來，找出量產時光機的方法，因為阿橋第一次穿越平衡時空，都只是利用了細小的立體，而不像現在這台時光機一樣巨大，這代表了，這台巨大的時光機都只是他的「玩具」，其實時光機，根本不需要這麼巨大。

二、找來幫手

我要去找人來幫助對付全島的怪物，只有水滴魚根本不可以把它們全部殺死，我一定要想方法找人來幫忙。

三、阻止阿橋

不能讓阿橋的劇本繼續下去，雖然死去的人不是這個時空的我與孤貓，不過，我不能讓「死亡螺旋」繼續下去。

我有什麼方法可以阻止一切不斷重複發生？

我要去殺死所有時空的阿橋？

不，這樣不太可能，而且我也不想這樣做。

我只想到了唯一方法。

一個……「最好」的方法。

CHAPTER 12

最後的旅程

Last 04

一九二六年英國利物浦。

那年的五月，因為煤礦工人的薪金問題與工作環境不斷惡化，全英國一百七十萬工人大罷工。

不過，對於當時只有六歲的他而言，罷工完全不關他的事，因為他更害怕的是，被同學欺凌。

在五分鐘前，他被幾個同學搶去了書包，還把他打得遍體鱗傷，不只是一次，是每天他也被欺凌，他甚至不想再回學校上學。

就因為他是一個英日的混血兒，大家都把他當成「怪物」一樣看待。

他一個人坐到學校外的蘋果樹之下，突然有一個人出現，他坐到他的身邊。

「你知道嗎？牛頓就是在蘋果樹下發現地心引力。」男人說。

小孩看著他，一個他從沒見過的人：「牛頓是誰？」

「可能現實是一個心胸狹隘的人，不過，他的確是世界上其中一個最偉大的科學家。」

「我不知道你在說誰，也不知道你是誰。」小孩說。

「痛嗎？」男人想摸他臉上的傷口。

「別要碰我！」小孩打走了他的手。

「嘿，我碰碰你就還手，被欺凌卻被捱打。」

小孩再次認真地看著他。

「你知道為什麼會被欺凌嗎？」男人問。

「因為我的髮色、外表、身高等等，因為我不像他們……」小孩低下頭說：「為什麼我不像他們……」

「為什麼……你要像他們？」男人微笑說。

男孩瞪大了眼睛。

「每個人都有自己的性格、外表、特質，嘿，就如我的貓一樣。」他看著藍藍的天空：「我就是我、他就是他、你就是你，就算你跟別人不同又怎樣？別人少看你，但你不能少看自己，因為，你是獨一無二的，沒可能有另一個。」

男人想了一想：「嘿，至少在同一個時空只有一個『你』，在另一個時空到來就另作別論。」

男孩像懂非懂地思考著他的說話。

「沒錯，世界是不公平的，有些人可以垂手可得我們夢寐以求的東西，比如他們的髮色、他們的外表、他們的體格、他們的遊艇、他們的豪宅、他們的女人等等，我們一世都不可能擁有，但他們不用費力，上天就給他們了。」男人看著男孩的眼睛：「不過，他們同樣不會有我們這些人的某些東西。」

「是什麼？」

「經歷。」男人笑說：「可以教育下一代的個人經歷、可以分享給別人的艱苦經歷，那些人，根本不可能擁有。」

「經歷……」小孩在思考著。

「你現在可能不會懂，但當你慢慢長大，你就會明白，結果不是最重要的，在過程中的經歷比結果更重要，因為，這可以讓你成長，還可以讓其他人成長。」

男人拍拍男孩的頭：「無論未來世界如何對你，請你明白，你擁有別人沒有的經歷，這是你人生中最寶貴的東西。」

我們人生來到最後，能擁有什麼？又可以帶走什麼？

我們什麼也沒法「帶走」，只可以「留下」擁有的東西，可能只不過是平凡中的一個小故事、一本小說、一句說話，但，我們確確實實留下了自己獨一無二的「經歷」。

沒有人可以奪走的「經歷」。

「好了，我要走了，我還有很多事要做。」男人站了起來拍拍屁股。

「如果他們繼續欺負我，我應該怎辦？」男孩問。

「當然是……逃走吧，笨蛋。」

「逃走？」

「當然！不然我會叫你跟他們死過嗎？」男人笑說：「逃走，然後好好鍛煉自己，把自己變得更強大，總有一天，他們不會再敢欺負你。」

男孩點點頭。

「最重要的，當你變得強大之後，絕對不要像欺負你的人一樣去欺負其他人，你反而要好好幫助弱小的人，這才是最重要的。」男人說。

「我明白了。」

「不過，你也可以在變得強大前……整蠱他們！哈！比如偷了他們的鞋、在他們的坐位上塗滿膠水，還有，等他們上洗手間時偷偷反鎖他們，哈！」

男孩想起了這些情況，微笑了。

他終於微笑了。

「記得，你只整蠱他們，而不是真正傷害別人。」男人說：「**傷害別人得到的快樂，最後，都會變成痛苦。**」

就好像男孩長大後，沒有任何一個愛他的人，又或是他愛的人，他寂寞、他痛苦，在世界上，他只有他自己。

表面上，他用殺人來滿足自己的快樂，其實……

他、一、點、也、不、快、樂。

男人離開，坐回他的機器上。

「沒有東西，比從小教育更好了。」

然後，他消失於一九二六年。

CHAPTER 12

最後的旅程 Last 05

二零二二年。

「世界崩潰」的支線，香港中央圖書館。

時間是在孤他們要出海到長洲之前的一個晚上。

「他」來到了這個平行時空。

「這……太不可思議了！」孤說。

「請相信我！請求你們，希望可以幫忙！」他眼神非常堅定。

孤雙手搭在他的肩膊上。

「你這個人真的是！」孤微笑說：「你就是我！我就是你！我怎會不相信你！」

然後，孤看著他九個主子：「不用考慮了，你們立即出發吧！」

「好！」

他跟他握手。

孤跟孤自己握手。

然後，他把九個細小的立體派發給九隻孤貓。

「這是……正十二面體！」豆豉拿起了發出紫光的立體說。

「知道了，知道了，我已經聽你說過好幾百次了。」他笑說：「別再跟我解釋什麼是費波納契數列！」

豆豉傻傻的跟他微笑。

「還等什麼？」夕夕把立體拋起然後接回：「我們一起去打敗怪物！」

「時間線一」的平行時空。

成千上萬的喪屍與變異種，包圍著孤貓與水滴魚，再這樣下去，他們只會是死路一條！

滴滴的背上。

「不行！你們下去很危險！」瞳瞳不讓他們走：「夕夕你別要魯莽！」

他們一起看著地面的情況，喪屍、變異種，所有奇形怪狀的生物，都在下方，數目多到好像高處俯瞰下去，看著人群遊行一樣。

不同的，他們不是在遊行，而是要把孤貓們通通殺死！

「但再這樣下去……」哥哥說。

哥哥還未說完，前方不遠處傳來了聲音！

不，不只是前方，是四面八方也傳來了聲音！

他們一起看著越來越接近的「東西」……

他們九個人都呆了！

數量跟喪屍一樣多，不，甚至比喪屍更多！

「我、回、來、了！」

是孤的聲音！

他從一千個不同的平行時空，帶上了……

九千個人來幫手！

「我……我是不是眼花？」曈曈呆了一樣看著。

「媽媽，我也看到！」豆花說：「不是眼花！」

「哈哈哈！孤又做了一些瘋狂的事！」夕夕高興得大笑。

瘋狂？有多瘋狂？

或者，真的是很瘋狂！

「救兵」開始反包圍全部怪物！

救兵的數目其實只有……「九個」。

不過是「九個」X 1000！

一千個來自平行時空的夕夕！

一千個來自平行時空的僖僖！

一千個來自平行時空的哥哥！
一千個來自平行時空的妹妹！
一千個來自平行時空的瞳瞳！
一千個來自平行時空的豆豉！
一千個來自平行時空的豆花！
一千個來自平行時空的豆奶！
一千個來自平行時空的豆腐！

一共九千人！他們開始跟喪屍與變異種戰鬥！因為全部都是「自己」，所以他們非常有默契，完全壓倒勝！

「媽媽，為什麼妳在流淚？」豆腐問。

「沒有。」瞳瞳抹去了淚水：「如果是我，也會這樣做，也會從其他的時空到來幫忙。」

在滴滴上的孤貓們與饅頭，在餐廳內的豆豉，還有孤，他們看到這一幕非常感動，因為，不同時空的自己，都願意來到這個時空拯救他們！

阿橋利用了不同平行時空的自己來殺死人類，他們卻正好相反，利用不同平行時空的自己來救人！

利用了平行時空來表達了……**真正的「愛」**。

沒有任何一套電影的戰爭場面可以比得上！

場面非常震撼！

CHAPTER 12 最後的旅程 Last 06

半小時後。

再沒有喪屍與變異種可以站起來，全部成為了腳下的亡魂。

到來幫忙的九千位孤貓，因為孤在其他平行時空中已經解釋過喪屍的弱點，以及對付它們的方法，孤貓們大多都只是受了輕傷，一個也沒有死去。

一千個妹妹正在為受傷的孤貓治療，互相細訴問好。

「看來傷得最重是你了。」夕夕說。

「沒什麼事！只是斷了一隻手臂而已」夕夕說。

「果然是硬漢！」夕夕拍打夕夕的肩膀。

「痛呀！」夕夕大叫。

其他的夕夕都一起笑了。

「好了，我先上去。」夕夕說。

「去吧，我最了不起自己。」夕夕說。

自己跟自己對話是什麼感覺的？除了孤，他們九個也感受到那份感覺了。

在「時間線一」的孤貓與孤，來到了海盜灣餐廳的屋頂。

「哥哥！你快還我眼淚！」妹妹說：「我以為你死了！」

「我回來了，不是應該開心的嗎？」哥哥笑說。

「你們全部沒事，真的要感謝上天。」孤跟他們說：「不過，哥哥你是怎樣逃出生天？」

「滴滴的朋友來了幫忙，它們在海底攻擊藍龍，然後藍龍把我跟孤貓號吐回水面了。」哥哥說。

孤看著水滴魚的方向，再看看妹妹，是牠們救了我們，未來應該要好好感激它們。

「豆奶妳快咬我！」另一邊三姊妹正在吵鬧：「我要變成妳一樣強！」

「妳是不是瘋了？如果我咬妳，妳直接變成喪屍怎樣？」豆奶說。

「到時我一刀把她的頭顱割下吧。」豆花風趣地說：「快咬她，我也想看看多毛變成喪屍！」

她們又在吵吵鬧鬧，不過，這樣才是豆氏三姊妹。

「回去後，阮博士可能已經有方法把妳變回正常人，別要太擔心。」豆豉跟三個女說：「豆奶別要咬任何人，知道嗎？老婆妳說是不是？」

「沒所謂，就咬一下吧。」瞳瞳說：「如果我三個女都變成特化變異種，可以幫我做家務，還不錯。」

「做……做家務？老婆看來妳也瘋了。」豆豉托托眼鏡說。

「你、說、什、麼？」瞳瞳用她的異色瞳盯著他，頭上好像出現了一個生氣的符號。

「妳們聽到嗎？媽媽都說可以咬了！小肥奶，快咬我！」豆腐說。

不只是三姊妹，是豆氏一家都吵吵鬧鬧，不過，這樣才有生氣。

「你們的關係真好！」饅頭說。

「當你來跟我們生活，一樣會關係好！」瞳瞳說。

饅頭高興地微笑。

「孤，是時候可以發表講話了。」僖僖跟他說，然後拿出一個揚聲器給孤。

「看來妳的背包真的什麼也有！」孤拿過了揚聲器。

「當然！」僖僖自豪地說。

孤走到屋頂的石壘前，對著九千隻變成了人的孤貓！

不，對他來說，就好像有九千隻孤貓在他的眼前，九千隻貓乖乖地看著他一樣！

「謝謝你們到來幫助我們！」

他第一句說話就是感謝，下方的孤貓們都在鼓掌與大叫助興。

「本來，我只是想跟你們平平淡淡地生活，我從來也沒有想過，最後，我跟我的孤貓竟然要去拯救世界！」孤搖頭苦笑：「人生就是這樣無法預測，不，應該是貓生就是這樣無法預測。」

「奴才，別要哭！」台下的夕夕大叫。

然後大家都在笑了。

CHAPTER 12 最後的旅程 Last 07

孤繼續說：「貓，是上天賜給我們人類的禮物，當然，當我知道貓星球的存在時，我就知道，所謂的『上帝』就是你們mao類。或者，我們人類的品性都是多麼的不堪入目，不過，還是有很多人深愛著貓這種生物，這種不會聽命令、任性、怕事，只會吃跟睡的生物！我們人類，願意做你們一世的奴才！」

或者，有些人不會明白，為什麼愛貓的人會這麼愛貓，愛到甚至可以當「寵物」成為自己的「家人」。

不過，愛貓的人才不會理會別人的想法，只會繼續深愛著自己的主子。

「豆豉，你們記得嗎？」他看著身邊豆豉，再看著下方的豆豉群：「你曾經問我，為什麼貓不像人類一樣，生命這麼短暫呢？其實是因為，你們已經任務完成，完成讓人類得到快樂的任務，然後回到貓星球，過著快樂的生活。從今天開始，我會跟養貓的人類說，你們不是離開了，只是回到屬於自己的地方，繼續生活。我們將會看著天上，想念著曾經跟你們快樂的回憶。」

聽到這裡，下方已經有人在飲泣，大家的眼中泛起了淚光。

「好吧，我好像有點離題了，不過還是很感激大家來幫忙，讓這個時空的我們生存下去！」孤回身看著他們點頭。

然後，他們走了上前排成一行，一起看著下方。

一個人類、九隻孤貓，還有饅頭，他們一起跟下方的大家……

鞠躬致謝。

大家都在拍掌。

「世界是不會完結的，因為……」

孤吸了一口大氣，大聲地說：

「世界末日，還有貓！」

沒有發生文明崩潰的世界，我們需要貓；發生文明滅亡的世界，我們同樣需要貓。無論是「牠們」，還是「他們」，我們人類都需要貓這種生物。

由貓星球借類賜給我們人類的生物。

由世界開始直至世界滅亡，牠們都是世界上……

最珍貴的生物。

沒有任何東西，可以代替。

完全，沒有。

一星期後。

他們從長洲回到港島，已經過了一星期。

九千隻孤貓已經全部回到屬於自己的平行時空。

其實，整個「集合」孤貓的過程，我是怎樣做到的？

首先，我去到更遠的未來時空，找到了改良時光機的「某個人」，在此，我不能寫出那個人是誰，總之是一個你可能也認識的人吧。

不，應該說，你一定認識，而且是已經「被死去」的人。

好了，這不能說太多，他會在未來知道的，嘿。

然後，我得到了更先進的時光機，那時光機已經不再只是「立體」，而是四次元的物質，最讓我感覺到意外的，是他可以「設定回程」時間，在不同平行時空的孤貓使用了時光機後，物質就會消失，然後在指定時間會回到自己的時空。

物質消失與平行時空旅行其實是跟黑洞扭曲與重力奇異點（Gravitational singularity）有關，不過我沒有詳細追問「某個人」。

我花了一星期時間，等等，這樣說不對，因為在我身處的「時間線一」才過了五分鐘，在時光穿梭之中，不能用「時間去衡量時間」。我去到不同時空中跟其他的我自己與孤貓說出我們的情況，沒錯，我說出了至少一千次，他們當然會來幫忙，沒有一個時空的他們拒絕我。

那麼，這「一千次平行時空」的未來，又會變成怎樣？

CHAPTER 12

最後的旅程

Last 08

很簡單，因為我跟他們說出了我們「時間線一」的未來，他們早已經有準備，應該不再會死在阿橋與瘦骨人的手上。

當然，平行時空是無限的，每1秒、0.1秒、0.01秒、0.001秒都會變化出不同的平行時空，我沒法拯救所以時空的自己與孤貓，不過，至少這一千個時空，不會再有慘痛的結局。

啊？等等，或者不只「一千個」，會有更多更多的時空不會發生慘痛結局。

我們終於打敗了最後的BOSS，不過，不像其他電影一樣，故事就完美地結束，在這個平行時空，我們還未能拯救整個世界，世界還是充滿了喪屍與變異種。

「孤，你在看風景嗎？」豆豉走了過來：「阮博士找你。」

「好，我們去吧。」

我跟豆豉一起去到圖書館的頂層研究室。

幾天前，我與豆奶注射了黑死病病原體製造的疫苗，我們再次回復了正常。其實擁有變異種的能力也不錯，不過，我們不會知道是否能夠完全控制這瘋狂的能力，所以最後我也決定了注射疫苗。

變異種症候群的疫苗終於完成，不過，卻有一個很大的問題。研究室內，研究人員都帶有一份失望的神色，我跟豆豉走入了阮博士簡陋的辦公室。

「來了嗎？」阮博士說：「看來你打第二次疫苗針也沒有事。」

「希望不需要打第三次，嘿。」

我跟豆豉坐了下來。

「有什麼事找我嗎？」我問。

阮博士沉重地說：「我想跟你說，疫苗用在你跟豆奶身上非常成功，不過，不是每一個人都可以轉好。」

「怎說？」豆豉非常驚訝：「不能用在其他人身上？」

「可以這樣說，只能用在特定的人身上，比如孤與豆奶。」阮博士說：「孤出生時患有先天性葡萄糖六磷酸去氫酵素缺乏症（G6PD），而豆奶也患過貓的FIP腹膜炎絕症，因為你們身上有某些病毒的抗體，才可成功變回人類，但其他人……」

「因為我們不知道那些人有沒有患上跟我同樣的病，所以就算可以複製大量疫苗，也未必可以把它們變回人類。」我沉重地說。

「就如你所說。」阮博士說：「不過我會繼續研究，希望總有一日可以完成真正的疫苗。」

「但……」豆豉想追問下去。

我拍拍他的肩膀阻止他，然後跟阮博士說：「那就繼續麻煩你了。」

他失望地點點頭。

多談一會後，我跟豆豉離開頂樓。

「這樣辛苦，經歷了這麼多，最後我們還是沒法拯救人類的世界。」豆豉失望地說。

「豆豉，我來問你一個問題。」我說：「如果有一隻惡魔受重傷，而你有能力救他，你會選擇『拯救一個會在你拯救他後對付你』的惡魔，還是什麼也不做，就讓它失救而死？」

聰明的他沒有回答我，他停下了腳步。

「不會吧？」他看著我的背影。

我回頭跟他微笑點頭。

「那為什麼……」

「你先回答我的問題，你就明白……**我的選擇**。」

Human civilization
ends,
cat
civilization
begins.

終章
道別
Goodbye

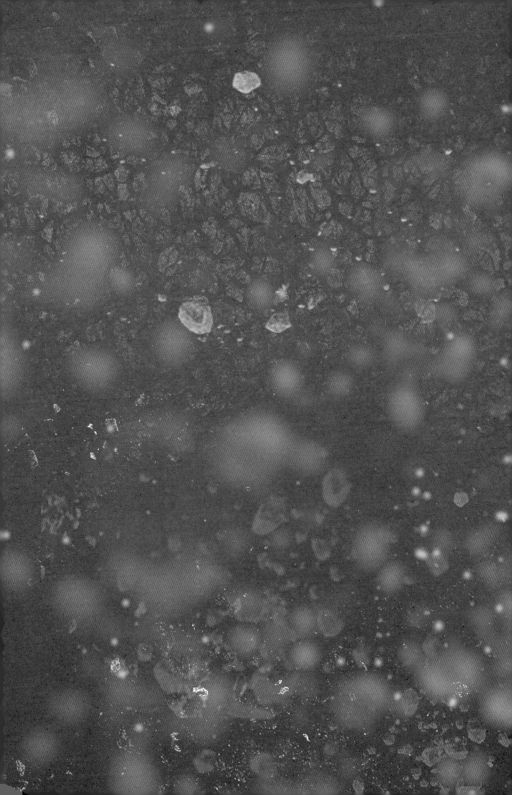

終章 道別 Goodbye 01

我跟豆豉來到了難民營地面。

我們在台上看著這裡居住的居民，他們都在藍天之下活動。

妹妹正在教導豆花、豆奶和豆腐三姊妹如何種植蔬菜，豆腐還在說，可不可以種植「貓草」，她很久沒有吃過了，嘿。

哥哥替夕夕造了一隻機械手臂，哥哥真的很厲害，有關機器的東西都懂。夕夕正在跟保安隊的成員發仔與囡囡展示他的力量，看來大佬夕比從前更生龍活虎。

僖僖與瞳瞳，正在跟Elsa、雪花、豆沙和豆苗一起玩遊戲。人類與偺類，甚至是兩類種族混合得出新的一代，將會是這個崩潰世界的未來。

饅頭與阿炭正在幫助加建與擴充難民營的工作，他們都很快適應了這裏的生活。而增建的運輸工作，滴滴跟它的朋友也來幫忙了。

我們把圖書館對出的大球場改建，給滴滴它們用作休息地，當是報答他們為我們付出的犧牲。

毛哥、貓王、Mimi三位坐在椅子上，一起曬著太陽，還有一群人團著他們聽他們細訴當年的故事。

另外我工作室的同事思婷，終於跟OPPA一家人團聚，她正在跟YODA，還有YODA三個仔女白白豬、粒仔、淋啤啤坐在草地上聊天。

至於炒蛋，他終於找到他的奴才姬雪，現在他們一主一奴相依為命，一起生活。

我不知怎的，看著大家的笑面，總是有一份感動的感覺。

「孤，你快說是不是已經有對抗病毒的方法？」豆豉問我。

「你看看他們。」我指著大家：「是不是很溫馨的畫面？」

豆豉看著自己的太太微笑：「的確是，大家也過著和平的生活。」

「好吧，我只告訴你，別告訴其他人。」我說。

「沒問題！」

我能夠穿梭平行時空，又怎會沒找到對抗病毒的方法呢。

「黑死病」的全球死亡人數總計多達二億人，不過，還有比它更可怕的病毒，歷史上統計，這病毒奪走了至少三億五千萬人的生命，比黑死病多出百分之七十五。

這病毒叫……「天花」。

天花除了是世界上傳染性最高的疾病，人類感染天花病毒後，會出現全身皰疹，就算是患者治療能存活下來也好，很多人都因此而毀容，臉上與全身留下了醜陋的痘痕。

是不是想起了它……瘦骨人？

沒錯，變異種症候群的變種病毒前身，不是黑死病，而是「天花」。或者，阮博士如何研究黑死病的疫苗也只是徒勞無功，只有天花的疫苗才可以真真正正拯救世界。

天花疫苗可以讓變異種真正回復成人類。

不過，天花已經在全世界絕跡，全球就只有三千二百六十萬份天花疫苗貯存在瑞士，而且已經不可能再製造更多。

這樣說，全球八十億人類，就只有三千二百六十萬人可以得到治療。

問題來了，我們應該選擇拯救誰？

我們有權去選擇救誰嗎？

我們如何去選擇只拯救「善良」的人，而不去救「邪惡」的人？
另一個更重要的問題……
當人類再次回復過來……
真的對世界更好？

終章

道別

Goodbye

02

我曾跟饅頭說想拯救人類，然後他反問了一句。

「這樣真的是一件好事嗎？也許，人類都是罪有應得的。」

因為他兩位深愛的奴才，也是被人類所殺。

之後我在時光機遇上了貓星球的「她」，她說出摧毀人類文明時完全面不改容，我知道她不可能是一位殘酷的偝類，但她卻知道人類需要「重新開始」。

三十五年後的我也曾跟我說過，偝類是幫助人類的，懲罰人類只不過是他們必須做的事。

我遇上了阿橋，因為人類對他的所有的欺凌與虐待，他甚至要將餘下的人類與偝類滅絕，我回到他六歲時跟他見面，當時他還未有這恐怖的想法。就是人類把一個人變成了……「惡魔」。

破壞環境、傳染疾病、污染、戰鬥等等，有人類存在的世界就會把更多的生命殺害，甚至是滅絕。

現在，世界上少了八九成的人類，加入了善良的偝類，地球好像重新開始一樣，樹木綠了、天空也更藍、海洋沒有污染，如果，我再次把人類拯救回來，就如饅頭的反問一樣……

「這真的是好事嗎？」

所有電影、電視劇到最後結局，都是拯救人類，比如《復仇者聯盟》，消失一半的人口，最後又再次回來，而且人類會用很多「愛」去包裝英雄拯救人類的「優點」，不過，卻沒有說出拯救人類的「缺點」。

「所以你決定了不去拯救人類？」豆豉問。

我點點頭：「我覺悟了一點，我不是英雄，我不需要去拯救人類，你看看現在，雖然大家還是活在艱苦之中，不過，怎說，也比活在爾詐我虞的社會……更快樂，快樂多了。」

「我明白了，這個秘密我會一直保守。」豆豉說。

「我不在的時候，你們要好好互相保護大家，在這個時空，努力地生活下去，生存下去，知道嗎？」我說。

「你……你不在的時候？」

「對，我的工作已經完成了，你別忘記在另一個平行時空，有另一隻叫豆豉的貓在等我回去。」我笑說。

「我明白了。」豆豉微笑說。

他絕對明白我的感受，因為他就是豆豉，豆豉就是他。

一星期後，圖書館對出的空地。

我已經跟豆豉交代了回去我本來時空的事，而且叫他在我走了後，才跟大家說，因為我怕看到他們，我會不捨得離開。

我已經毀掉了所有時光機，因為有一個時空的規則，當這時空「不存在時光機或不存在未開發的時光機」，就不能穿梭這個時空。

我不知道回到一九二六年跟六歲時的阿橋說的那番話，能不能讓他改變，如果不能，邪惡的他有可能再次回來這平行時空報仇，我才不能讓他這樣做。

現在毀掉了時光機，這個平行時空不會再有人來破壞。

現在要回到我自己的平行時空，只有一個方法，就是聖書體體盒子。

在另一個時空使用聖書體體盒子，也不能從另一個來到這時空，反之卻可以，就好像閉上門一樣，只可以出，不可以入。

我已經吩咐了豆豉，等我回去後，就把盒子燒毀。

這樣說，我永遠也不能再回來這個時空，真真正正跟他們永別了。

我拿著一支電筒，還有盒子。

「好了，真的要走了。」我看著滿天星星的夜空：「真的不捨得這個時空呢。」

就在我準備回到本來的時空之時，我背後傳來了一把聲音。

「怎樣走也不通知一聲？」

終章

道別

Goodbye

03

我回頭看。

夕夕、僖僖、哥哥、妹妹、瞳瞳、豆豉、豆花、豆奶和豆腐，他們九個人出現在火把的火光之下。

「對不起孤，我反悔了，你要偷偷離開的事，我全都跟他們說了。」豆豉說。

「我就知道。」我跟他握手：「不用說對不起。」

「爺爺！別要走！」豆花說。

三姊妹走過來一起擁抱我。

「多留下來一會吧！」豆奶說。

「我怕留下來，我就更不想走了。」我苦笑說。

「那就不要走吧！」豆腐說。

我摸摸她的雪白秀髮，就像摸著她的長毛一樣：「乖，妳也知道吧，另一個豆腐，正在另一個時空等待我回去。」

「但……」

「好了，妳們三個別再煩孤了，我們只是來送行。」瞳瞳拿起我的手，把另一條手繩綁在我的手臂上：「你要一直戴著它。」

手繩上的牌子，刻著「孤貓」兩字。

「我一定會。」我跟她擁抱。

「你回去跟哥哥說，其實你也可以很勇敢。」哥哥說。

「當然會，我會跟牠分享在這個時空的哥哥，是一個多麼厲害的人。」我說。

「孤你會回來探我們嗎？」妹妹說。

我看了豆豉一眼，他應該沒有告訴他們我不能再回來，如果現在我說不會再回來，他們一定更加的傷感。

「會的，我一定會回來。」我跟她說。

「太好了！」

「在另一個時空，你一定要好好照顧自己。」僖僖說。

「妳也是，就算要去流浪，也準備好再出發。」我說。

「我會的。」

最後，夕夕走過來，他沒有說任何說話，他只是深深擁抱著我。

「你的手臂，要快點好過來。」我跟他說：「我的好兄弟。」

他依然沒有說話，只是更用力地抱著我，然後在我背輕輕拍了幾下。

我知道，他強忍著眼淚。

但我已經……沒法忍下去，我的眼淚沒法停止地流下。

原來，離別的感覺是這樣揪心與悲傷。

我曾經想過，如果牠們九隻貓離開時，我會有什麼感覺，當我想起時也覺得很痛苦。

現在就是這一種感覺，而離開的人卻是我。

「呼……不辭而別的原因就是不想這麼不捨。」我抹去眼淚，擠出了微笑：「好了！我真的要走了，

那邊的你們，正在等待著我！」

他們都明白，另一個時空的自己，也等待我的歸來。

我再次拿出了盒子，準備回到我本來的平行時空。

「孤！再見了！」

「謝謝你們九隻孤貓。」我微笑說：「擁有跟你們一起出生入死的回憶與經歷，我……不枉此生。」

什麼叫不枉此生？

就是，無論我的經歷說出來、寫出來有沒有人相信也好，我依然覺得是最珍而重之的回憶。

跟我九隻貓變成人類，最珍貴的回憶。

最後我看了他們最後一眼，打開電筒照向盒中的鏡子。

此時，哥哥好像忘記了什麼似的，他馬上掏一張相片扔給我，那張相片是我們在孤貓號甲板上一起拍，我正想拿著它，卻沒法接住，然後……

……

…

.

我感覺到窒息的感覺。

終章

道別

Goodbye

04

「時間線二」觀塘碼頭。

「救……救命！我……我不懂游水……救命……」

他應該帶一個水泡回來！

孤忘記了，離開之前，就是跳入了海！他的潛意識讓他回來時，也在同一個地方！

他的身體開始向下沉……

沒想到，經歷了這麼多事也沒有死去……

回來後，孤立即要死了嗎？

他的意識開始模糊……

……

…

.

六小時後，浸信會醫院。

「嘩！！！」我大叫，坐了起來。

「你叫什麼？終於醒了嗎？」護士姐姐不屑地說。

「為什麼……」我看著自己的病人衣服。

「你跳海自殺，還好有個釣魚的人救了你。」護士姐姐說：「好人好者，你為什麼要自殺？」

「我……自殺？」

然後護士姐姐指指電視上的八卦資訊節目。

「今天有人在觀塘碼頭企圖自殺，幸好一位釣魚人士拯救了他，現在那人正在醫院接受治療……」

電視主播說：「聽路人敘述，自殺者好像是一名香港作家，聽說因為書籍滯銷所以想不通企跳。」

「妳才滯銷！我的書賣得很好！」我指著電視機大罵。

然後，我看到手腕上，瞳瞳送給我的兩條手繩。

「嘿，還是算了。」

別人怎樣說我也沒問題，因為我的經歷，只有我覺得是真的就好了。

「姑娘！」我大叫。

「你又想怎樣？好好休息吧。」

「不！」我立即從病房跳了下來：「我要出院！」

……

‥

．

Uber上。

「司機，可以開快一點嗎？」我說。

「已經開很快了。」他說。

我看著速度儀，他在高速公路開五十公里。

我非常心急，雖然在這個時空只是過了半天，但在另一個時空已經過了很長的時間，我想快點回去看看我的九隻孤貓。

半小時後我終於回到工作室，我打開了工作室的大門，跟平常一樣，夕夕第一個走出來迎接我。

「大佬夕！」

我立即抱起他，就像跟變成人之後的他擁抱一樣。

然後，就是瞳瞳、僖僖走了過來，僖僖在我腳邊磨蹭。

「我回來了！」

豆豉與豆花瞪大眼睛看著我。

「你們有掛住我嗎？」

我抱著豆腐與豆奶說：「看看妳們幾肥！哈！」

哥哥與妹妹從沙發上跳下來。

「哥哥，你是一個很厲害的人，你知道嗎？」

我完全沒法停止，我一直跟他們說話，我知道牠們是聽得懂的。

我也不知道過了多久，我分享了跟另一個時空的牠們所有發生的事。

「嘿，好像在發夢一樣，你明白那感覺嗎？」我摸著坐在我大腿上的豆花：「如果我沒有遇上你們，也許就不會發生這不可思議的事，我們一起拯救了不同時空的自己、不同時空身的世界！」

我一定會把我們的經歷寫成一本小說，就算別人不相信，又或者只當是小說故事看也好，對於我來說，又有什麼問題？

我這真實的經歷，這沒法取代的回憶，只有我一個人知道是真的，已經很足夠了。

不，不只我一個人，還有在另一個平行時空的大家也知道……

已經足夠了。

不知怎的，我的眼淚再次不能控制地流下來。

我看著睡著的孤貓們，老實說，我知道牠們總有一天會離開我，我也不知道當那天到來時我會怎樣，我完全沒法想像當中的悲痛，不過他們給我的回憶都是真的，無論是本來的時空，還是另一個平行時空，回憶都是真真實實存在的。

在這個亂世中生活，如果沒有貓，或者，我根本不懂得什麼是笑容，我救了牠們同時，牠們也救了我。

九隻孤貓把牠們的一生交給了我，同時，我也會盡我的責任，成為一個好奴才，成為牠們的好兄弟、好爸爸、好爺爺。

無論在什麼時空，我也要保護你們。

如果，有一天你們都去了天國，可以答應我嗎？

你們一定要等我，當我也年華老去以後，我們再在天國中團聚吧。

到時，我再做你們的奴才，好嗎？

「孤貓，我愛你們。」

一世愛你們。

特別篇

循環

Cycle

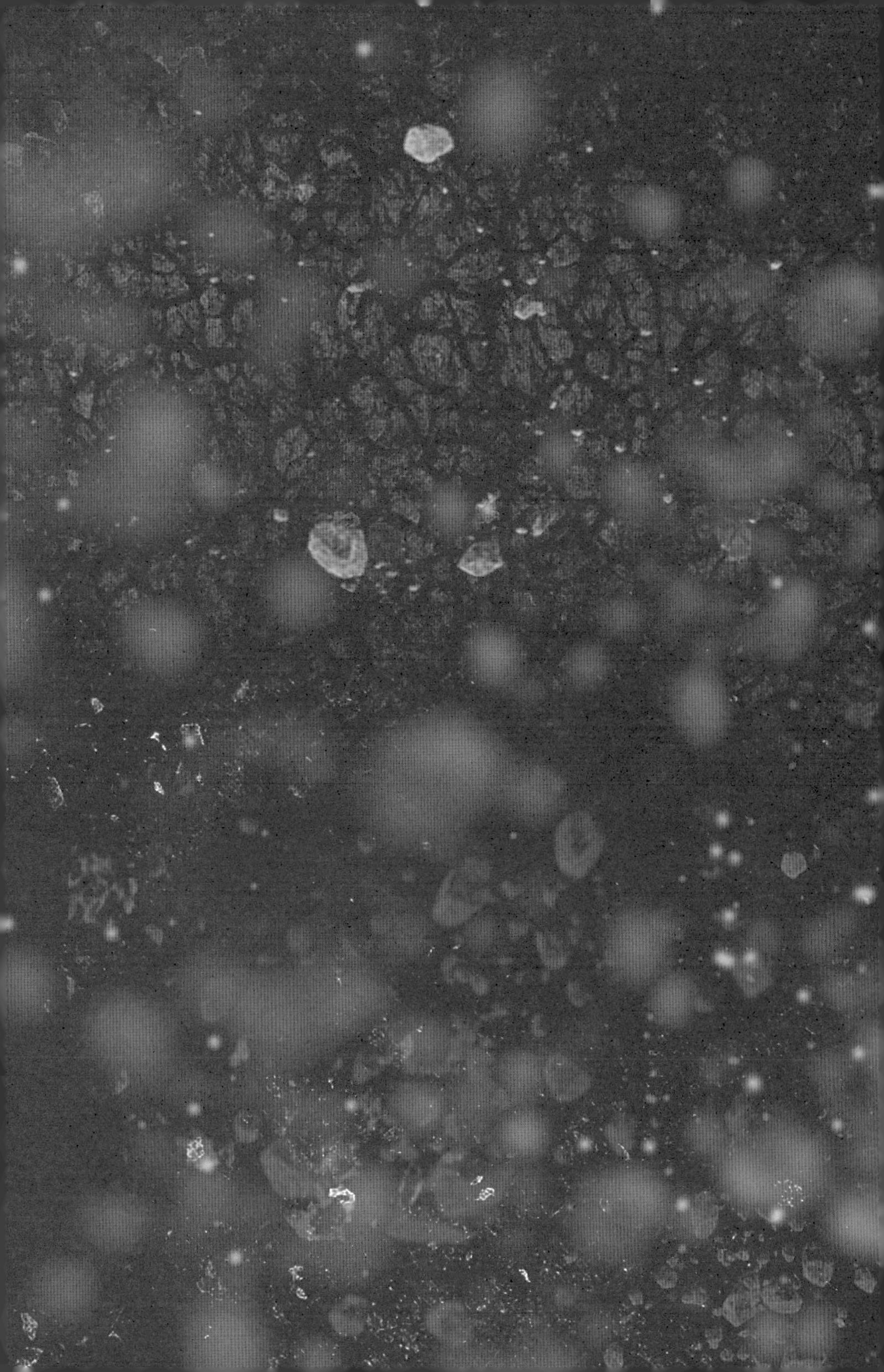

特別篇

循環

Cycle

時間。

不是只有向前與向後，也不是一直線，可以是不斷循環的路線，而在不同的平行時空，根本沒有時間的限制。

就好像小說一樣，一秒前是二零二二年，一秒後可能回到一九二六年，然後一秒後又可能是……

一九八七年。

一九八七年，大埔火車博物館。

一個就讀崇德小學的六歲男孩，悶悶不樂地坐在火車博物館的路軌上。因為崇德小學就在火車博物館旁邊，他總喜歡一個人來到這裡發呆。

在他的腿上，明顯有不少的瘀傷，他就因為這些瘀傷正在煩惱。

這些瘀傷，是另一間學校的高年級學生用氣槍打在他的腳上做成，當時，因為他不肯把親手砌好的Lego飛機模型給他們，結果他們用氣槍射他。

飛機模型當然也被搶了。

人類的欺凌事件，從來也沒有停止過。

一百年來從來沒有停止過。

突然，有一個男人出現，他坐到他的身邊的路軌上。

「一八零四年，英國發明家崔維西克（Richard Trevithick）發明了蒸汽火車。」男人說。

小孩看著他，一個他從沒見過的人：「為什麼是用蒸汽不是用電？」

「因為架空電纜在一八八八年才發明，電氣化鐵路在一八九二年才正式啟用。」

「我完全沒興趣知道，也不知道你是誰。」小孩說。

「痛嗎？」男人想摸他小腿上的瘀傷。

「別要碰我！」小孩打開了他的手。

「嘿，我碰碰你就還手，被氣槍射卻沒有反抗。」

小孩再次認真地看著他：「你……怎知道的？」

「因為我就是知道。」男人微笑說。

「我又不是什麼卡通片的英雄，我還手一定會被射得更慘。」

「不，你長大後會是一個沒有人知道的英雄。」男人認真地說。

「為什麼？你說真的？」

男人看著天上的白雪：「你將會拯救世界，不過不會有人知道。」

「沒有人知道嗎？」男孩帶點失望地說：「沒有人知道又怎叫拯救世界。」

男人看著他微笑：「到那時，我會給你提示，你會找到那個壞蛋，你身邊更會有九個很好的幫手，他們會陪伴你一起冒險，打擊壞蛋。還有就是……2695這組數字。」

「2695？」

「你第一份全職工作，職員編號是2695、你的電郵是2695、你的車牌也是2695，2695是改變一切的關鍵。」男人說：「你除了拯救世界，還拯救了一個人，一個同樣只有六歲的小孩，就是因為你，他才會改變其他時空的自己。」

男孩完全聽不懂他說什麼。

「不過，你拯救了那個人，同時，那個人也拯救你了。」男人說。

「他如何拯救我？」男孩問。

「你是不是很怕水？」

男孩點點頭：「同學去游水，我不喜歡跟他們去。」

「嘿，我就知道了。」

那天，二零二二年，在觀塘碼頭救起孤的釣魚人士，就是他。

這個男孩，長大後，來到了孤的時空，拯救了他。

孤曾經說過，自己至少拯救了「一千個」不同的時空，同時他說：「或者不只一千個。」

沒錯，他成功了。

他回到一九二六年，改變了「他」，然後所有的平行時空的結局都改變了。

沒有「邪惡」的他，變成了「善良」的他。

「記得，當你長大後，一定要像我一樣去鼓勵其他人，因為，你的一句說話也許可以完全改變一個人。」男人說：「你現在可能不會懂，但當你慢慢長大，你就會明白，結果不是最重要的，在過程中的經歷比結果更重要，因為，這可以讓你成長，還可以讓其他人成長。」

男孩似懂非懂地點頭。

「好了，我要走了，我還有很多事要做。」男人站了起來拍拍屁股。

然後轉身離開。

「哥哥！」男孩看著他的背影：「你叫什麼名字？」

「木、喬。」

「木喬？」

沒錯，一切都是一個「循環」。

一切也像是一個「安排」。

同一時間，有一隻貓女，正在樹上一直看著他們。

在牠的耳朵上，有一隻白貓貓頭的耳環。

牠滿足地舔著自己的手，好像是非常滿意看到他們的對話似的。

男人離開，坐回他的機器上。

「沒有東西，比從小教育更好了。」

然後，他消失於一九八七年。

《傷害別人得到的快樂，最後，都會變成痛苦。》

世界末日還有貓

02

the end

全文完

後記

「從今天開始，我會跟養貓的人類說，牠們不是離開了，只是回到屬於自己的地方，繼續生活。」

在貓星球上快樂地生活。

當我寫完兩本小說，再看看在工作室睡得正甜的孤貓，會心微笑了。

這次的小說，牠們就是主角，而且是「真實」的角色。

如果你有養貓，你一定會愛死這部作品，如果你沒有，也可以看到對於人類（我們自己）的反思。

人類再這樣下去，世界末日也許真的離開我們不遠了。

希望你們明白與理解，最後，為什麼我們沒有選擇拯救人類。

每次寫完一部小說，我都會很想念書中的角色，好像要跟他們離別一樣。不過，這次有一點不同，因為「牠們」就在我的工作室，我可以摸摸牠們，減輕我對「他們」的懷念之情。

在小說中，希望你們都喜歡我設定的過去、末來與平行時空，就如豆豉所說的，孤的讀者就是喜歡這位爛作家寫複雜的故事，嘿。

我真的經歷過小說的情節，你會相信我嗎？

另一條時間線，世界已經崩潰了，你會相信我嗎？

不過怎樣也好，就算不相信也沒所謂，因為，對於我來說都是真實的，不是已經足夠了嗎？

在此，感激提供相片的奴才，希望你跟你的主子繼續快樂地生活。

孤泣字
3/2022

世界末日還有貓

Armageddon and Cats 02

孤泣作品

LWOAVIE RAY

編輯／校對　小雨

設計　@rickyleungdesign

出版：孤泣工作室有限公司

荃灣德士古道 212 號，W212, 20/F, 5 室

發行：一代匯集

旺角塘尾道 64 號，龍駒企業大廈，10 樓，B&D 室

承印：美雅印刷製本有限公司

觀塘榮業街 6 號，海濱工業大廈，4 字樓，A 室

出版日期：初版一印 2022 年 7 月

ISBN 978-988-75830-5-9

HKD $108

孤出版